Mark Brandis
Die Eismensch-
Verschwörung

Weltraumpartisanen
Band 30

Mark Brandis
Die Eismensch-
Verschwörung
Horror im Weltraum

Herder Freiburg · Basel · Wien

Einband und Illustration: Robert André

Alle Rechte vorbehalten – Printed in Germany
© Verlag Herder Freiburg im Breisgau 1986
Herstellung: Freiburger Graphische Betriebe 1986
ISBN 3-451-20645-5

Ein Wort zum Hintergrund der geschilderten Ereignisse:
Ein Jahr zuvor war die EAAU, diese aus den Kontinenten Europa, Amerika und Afrika zu Beginn des 21. Jahrhunderts gewachsene politische Gemeinschaft, der sich dann als assoziiertes Mitglied auch Australien anschloß, heimgesucht worden von der „Großen Katastrophe".
Die Große Katastrophe, heute ein feststehender Begriff, war die Folge menschlichen Eingriffs in die Himmelsmechanik. Sie ereignete sich, als der diamantträchtige Planetoid Ikarus bei seiner Verlagerung in eine bequeme erdnahe Umlaufbahn außer Kontrolle geriet. Bevor er auf die Erde aufprallte, wurde er mittels einer nuklearen Ladung gesprengt. Nur wenige Tage später schloß sich ein lichtundurchlässiger Staubgürtel um die Erde und beschwor die verheerendste Hungersnot der Geschichte herauf.
Unter den Folgen dieses quasi-nuklearen Winters hatte die Menschheit noch immer zu leiden, als mit dem Zu-

sammenbruch der Energieversorgung bereits das nächste Unheil über sie hereinbrach.

Aus verständlichen Gründen ist über die sogenannte Eismensch-Verschwörung, mit der ein paar unbelehrbare Reinigende-Flamme-Anhänger in dieser dramatischen Situation ihr diktatorisches Comeback zu erzwingen trachteten, nie berichtet worden.

Die Darstellung der Ereignisse, die der Pulitzer-Preisträger Martin Seebeck damals zu Papier brachte, blieb zwangsläufig unveröffentlicht.

Auf seinen persönlichen Wunsch hin und mit dem besonderen Einverständnis von Ruth O'Hara, meiner Frau, reihe ich sie nunmehr in meine Erinnerungen ein.

M. B.

1.

Ein einsamer Falke zog draußen vorüber. Er konnte nicht hören, was im Penthouse über den 134 Stockwerken des Exzelsior-Turmes gesprochen wurde. Die Wände waren schalldicht isoliert; die Fenster bestanden aus vibrierfestem Glas. Das Penthouse war eine abhörsichere Festung.
„Wir schlagen also endlich los?"
„Ich fürchte nur, wir unterschätzen den Gegner. Präsident Hastings hat das Volk hinter sich."
„Und damit sind wir beim Kernpunkt unser heutigen Erörterungen: Wie räumt man Hastings aus dem Wege?"
Die drei Herren, die sich am 13. November 2090 im Kaminzimmer versammelt hatten, konnten das tun, ohne Aufsehen zu erregen.
Als Mieter des Penthouses war ein gemeinnütziger Verein eingetragen. In unregelmäßigen Abständen diente das Penthouse der *Liga zur Hebung der öffentlichen Moral* als Versammlungsstätte. Und da die Vereinsmitglieder, Herren wie Damen, allesamt höflich,

wohlerzogen und vor allem ruhig waren, nahm an ihrem Kommen und Gehen niemand Anstoß.

Das Penthouse war nicht billig. Praktisch war es unbezahlbar – so hoch oben über den Dächern der Fünfzig-Millionen-Stadt. An klaren Tagen übersah man ganz Metropolis. Der Blick wanderte ungehindert über das künstlich aufgeschüttete Eiland, das man bereits als das Venedig des 21. Jahrhunderts bezeichnete, hinweg über funkelnde Glasfassaden mit ihren vielfältigen Spiegelungen, hinweg über atemberaubend schöne Monumente und Parkanlagen, bis er sich jenseits des weißen Kranzes aus schäumender Brandung, der die Stadt umgab, im blauen Dunst des Atlantischen Ozeanes verlor. An diesem November-Nachmittag war der Himmel über der Hauptstadt der Europäisch-Amerikanisch-Afrikanischen Union, wie die EAAU im offiziellen Sprachgebrauch etwas umständlich hieß, blau und wolkenlos.

Fast konnte man vergessen, wie es noch zu Anfang des Jahres auf der Erde ausgesehen hatte – nach der unseligen Sprengung des Planetoiden Ikarus. Der Staub hatte die Sonne verfinstert und die verheerendste Hungersnot seit biblischer Zeit heraufbeschworen, die Große Katastrophe. Inzwischen hatte sich der Staub gelegt, und nicht zuletzt mit Hilfe des resistenten Gregorius-Weizens war die Apokalypse in letzter Minute gebannt worden. Und in die vom Auseinanderbrechen bedrohte, von Unruhen geschüttelte EAAU waren wieder Recht und Frieden eingezogen.

Aber dafür, daß man zum Vergessen keine Gelegenheit fand, war bereits gesorgt.

„Frieren Sie etwa nicht, Colonel?"

„Wenn wir die Heizung höherstellen, fallen wir auf, Kamerad Hagen."

„Der Colonel hat recht. Das ist das letzte, was wir uns jetzt leisten dürfen –: aufzufallen."

Ein Unheil, behauptet das Sprichwort, kommt selten allein.

Dahinter steht Erfahrung.

Der blaue Himmel wölbte sich über einer Stadt, die unter eisigen Minustemperaturen erschauerte. Der Frost verwüstete die wiederangepflanzten subtropischen Parkanlagen und überzog die Ziergewässer mit spiegelndem Eis.

Die Energiekrise hatte eines Tages kommen müssen: früher oder später. Die Große Katastrophe war mit daran schuld, daß die Krise bereits jetzt kam, praktisch ohne Vorwarnung, mit aller Gewalt. Besonders die Nordhälfte des Planeten war von ihr betroffen. Hier hatte man es nicht nur mit stillgelegten Fabriken und zusammenbrechenden Verkehrsverbindungen zu tun wie im Süden, sondern auch mit einem verfrühten Wintereinbruch.

Von der Energiekrise blieb niemand verschont. Im Fernsehen waren die Unterhaltungssendungen gestrichen. Seit ein paar Tagen sendete Stella-TV nur noch die Nachrichten.

Und von Mal zu Mal klangen die Meldungen düsterer.

Zu lange hatte man auf dem Energiesektor die Zügel schleifen lassen. Nun bekam eine aufgeschreckte Menschheit vom geplünderten Planeten die Rechnung vorgelegt.

Im Penthouse über dem Exzelsior-Turm war das TV-Gerät in Betrieb. Von der flimmernden Glaswand fielen farbige Reflexe in den dämmrig werdenden Raum. Sie huschten unruhig über die Tapeten und legten sich auf eine über dem Schreibtisch angebrachte Flagge. Eine brandrote Lohe erwachte plötzlich zu gespenstischem Leben.

Die Flagge trug das Embleme der verbotenen militanten Partei *Reinigende Flamme*.

Und das dunkel gerahmte Porträt, das gleich neben der Flagge hing, war das des Parteigründers, des texanischen Generals Gordon B. Smith, der im Jahr 2069 die Länder der EAAU mit Terror und Schrecken überzogen hatte. Es hatte eines dreijährigen blutigen Bürgerkrieges bedurft, um ihn zu entmachten.

Wenn die Ordnungsmächte der EAAU weniger überzeugt gewesen wären, die Gefahr, die von den unerkannt gebliebenen wie untergetauchten, als auch von den mittlerweile herangewachsenen und hinzugekommenen Smith-Anhängern ausging, unter Kontrolle zu haben, hätten sie sich wohl irgendwann für das Penthouse und seine Mieter interessiert. In diesem Fall hätten sie die böse Überraschung erleben müssen, daß sich hinter der Tarnung als gemeinnütziger Verein die

AGA der *Reinigenden Flamme* verbarg, die *Abteilung Geheime Aktionen*.

Das Gespräch, zu dem die drei Männer zusammengekommen waren, diente der Vorbereitung eines beabsichtigten Staatsstreiches.

Der Falke, der vor dem Exzelsior-Turm seine Kreise zog, hörte nichts von diesem Gespräch. Es hätte auch nichts geändert, falls die Wände durchlässiger gewesen wären. Der Falke war wirklich nur ein gewöhnlicher Falke.

„Eins steht fest", ließ es sich vernehmen, „die psychologischen Voraussetzungen könnten günstiger nicht sein. Erst der Hunger, dann die Kälte. Die Menschen sind verzweifelt. Und da erscheinen wir – als die Retter in der Not."

Der das von sich gab, ein blonder Mann mit schütteren Augenbrauen, war der kaufmännische Angestellte Chuck Brown. In der Organisation war er zuständig für die Psychologie der Massenführung.

Neben ihm saß, schwer und massig, Harald Hagen, ehemaliger *Brandstifter*-Major, seit seiner Entlassung Taxiunternehmer. In der Organisation war Hagen verantwortlich für die Rekrutierung bezahlter Hilfskräfte. Meist fand er diese in den Kreisen der Unterwelt.

Und schließlich war da der Chef der AGA selbst, hager, schlank und sportlich fit, Colonel Pedro Diaz – nach außen hin ein harmloser Handelsvertreter.

„So ist es", bestätigte Colonel Diaz mit Blick auf die

TV-Wand. „Man muß eine solche Situation nur zu nutzen wissen, Kameraden."
Im Bild war ein Erdwärmekraftwerk auf Island zu sehen.

„... *nachdem erst vor kurzem aus Gründen der Weltgesundheit die Stillegung der Kernkraftwerke verfügt werden mußte, ist nun auch die eines weiteren Energielieferanten zu Ende gegangen. In Island wurde das letzte noch in der EAAU arbeitende Erdwärmekraftwerk abgeschaltet. Erzwungen wurde dies durch neue Messungen der Erdkrustentemperatur. In einer Erklärung des Ministeriums für Energie und Technik heißt es, die weltweite Errichtung von immer neuen Erdwärmekraftwerken als einzige Alternative zu den KKWs sei eine verhängnisvolle Fehlentscheidung gewesen. Wörtlich heißt es in der Erklärung: ‚Der erhöhte Energieverbrauch in der Zeit der Großen Katastrophe, vor allem aber auch in den daran anschließenden Wochen und Monaten als Folge eines dramatisch gesteigerten Bedarfs an Kunstdünger hat zu einer Situation geführt, in der die Entnahme von Erdwärme zu Konsumzwecken nicht länger zu verantworten ist. Um einem weiteren Auskühlen der Erdkruste Einhalt zu gebieten, wird hiermit die unwiderrufliche Abschaltung aller Erdwärmekraftwerke angeordnet.'"*

„Ausgezeichnet", bemerkte Colonel Diaz sarkastisch. „Die Leute bekommen kalte Füße. Die *Reinigende Flamme* wird ihnen einheizen."

Kamerad Brown und Kamerad Hagen lachten.

Auf dem Bildschirm erschien das Modell des unvollendet gebliebenen astralen Kraftwerkverbunds *Intersolar*.

"Inzwischen werden die technischen Vorbereitungen zur Inbetriebnahme von Intersolar *mit Nachdruck vorangetrieben. Mit dem Bau der ursprünglich als Kette interplanetarischer Kraftwerke geplanten Anlage war 2077 begonnen worden. Technische Pannen bei der Übermittlung der Sonnenenergie zur Erde als auch neuerliche Spannungen mit den Vereinigten Orientalischen Republiken, die am Projekt mitbeteiligt waren, erzwangen seinerzeit die Stillegung von* Intersolar. *Nunmehr soll die gigantische Bauruine unter den Sternen partiell überholt und mit einem von Professor Enrico Brabante entwickelten Energieträger auf Laserbasis, dem EBL, betriebsklar gemacht werden. Die Energieversorgung der EAAU wäre damit sichergestellt."*

„EBL!" bemerkte Colonel Diaz. „Merken Sie sich die Bezeichnung, Kameraden. Ich komme darauf zurück."

Die Übertragung fand ihre Fortsetzung in den Amtsräumen des Präsidenten der EAAU.

Der Präsident war im Bild, Joffrey Hastings. Bis vor kurzem noch Gouverneur des Uranus, hatte er sich in den Schreckensmonaten immerwährender Dunkelheit durch die Einführung des Gregorius-Weizens, durch die Wiederherstellung der politischen Einheit als auch von Recht und Ordnung die Zuneigung der Völker erworben. In ihm, darin war man sich einig, hatte die EAAU ihren fähigsten und beliebtesten Präsidenten seit langer Zeit.

Der mittelgroße, schlanke Mann im Raumfahrerdress, mit dem sich Hastings angeregt unterhielt, war gleichfalls kein Unbekannter. Als Erster Vormann der *Unabhängigen Gesellschaft zur Rettung Raumschiffbrüchiger* (UGzRR) hatte er seine Flotte in den Dienst der hungernden Menschheit gestellt. Daß die Fünfzig-Millionen-Stadt Metropolis mit dem Leben davongekommen war, hatte sie den von Commander Mark Brandis geführten Konvois zu verdanken.

„Commander Brandis, der auf Präsident Hastings' Wunsch, nach anfänglicher Weigerung, als Projektleiter die Verantwortung für den Ausbau von Intersolar *übernahm, ist von den Strapazen der letzten Wochen gezeichnet. Er steht vor einer schweren Aufgabe. Was er einzubringen hat – Raumerfahrung und moralisches Gewicht –, kann nur zum Teil wettmachen, daß unter den Sternen ein verzweifeltes Wettrennen gegen die Zeit geführt wird. Als wir uns beim Commander vorhin nach dem Stand der Dinge erkundigten, gab er sich wortkarg und ließ lediglich verlauten, daß er nach diesem Rapport bei Präsident Hastings unverzüglich zur Baustelle zurückzukehren gedenkt. Der Rapport könnte im Zusammenhang stehen mit der Festsetzung eines verbindlichen Termins für die Inbetriebnahme von* Intersolar.*"*

Präsident Hastings drückte Brandis die Hand und begleitete ihn dann zur Tür.

Damit endete die Übertragung aus dem Amtssitz des Präsidenten.

Weitere Nachrichten folgten.

Colonel Diaz löste den Blick von der TV-Wand und kam zur Sache:

„Es ist an der Zeit, Sie ins Vertrauen zu ziehen. Hastings Tage sind gezählt."

Brown gab sich vorsichtig: „Hastings aus dem Weg zu räumen wird nicht leicht sein. Er ist bestens bewacht."

Hagen quetschte sich eine Zigarre zwischen die Zähne. Erst als diese brannte, bemerkte er: „Das ist es. Man kommt nicht ran an ihn. Auch meine tüchtigsten Jungs schaffen das nicht."

Mit einer knappen Handbewegung winkte Colonel Diaz die Einwände hinweg.

„Wie gesagt, Hastings Tage sind gezählt. Sowohl der Ort als auch der Zeitpunkt seines Todes stehen fest."

Einen Atemzug lang war im Penthouse nur die Stimme des Nachrichtensprechers zu hören.

Brown schluckte.

Hagen knurrte: „Versteh ich recht?"

Colonel Diaz machte der Ungewißheit ein Ende.

„Die ganze Welt wird vor dem Bildschirm Zeuge sein, Kameraden. Der Tag, an dem *Intersolar* die Arbeit aufnimmt, wird demnächst bekanntgegeben. Wie das Programm ablaufen wird, steht bereits fest. Das neue Energiezeitalter wird eingeläutet mit einem feierlichen Akt. Hastings wird sich, bevor er das Signal zum Zuschalten gibt, mit einer Ansprache an die Völker der

EAAU wenden – und zwar vom Balkon seines Amtssitzes – und dort wird es ihn erwischen."
„Großartig!" sagte Chuck Brown. „Der Sensationswert einer solchen Übertragung darf nicht zu gering veranschlagt werden. Man muß den Leuten weismachen, daß sie Augenzeugen gewesen sind einer gerechten Bestrafung."
Hagen nahm die Zigarre aus dem Mund.
„Zum Teufel mit der Psychologie!" sagte er. „Mich interessiert die Technik. Bisher weiß ich nur, wann es ihn erwischt und wo, Colonel. Über das Wie ist bisher kein Wort gefallen."
„Wie?" Colonel Diaz' Daumen wies plötzlich himmelwärts. „So!"
Hagen als auch Brown – beide Kameraden blickten unwillkürlich zur Decke hoch.
„Der Blitz wird ihn treffen", fuhr Colonel Diaz fort. „Genauer gesagt: gleich der erste Energiestoß des neuen EBL. Für die noch zu berechnende Abweichung wird gesorgt werden. Und da Commander Brandis der verantwortliche Projektleiter ist ..."
Colonel Diaz sprach den Satz nicht zu Ende. Der Präsident der EAAU würde tot sein und Brandis als sein vermeintlicher Mörder den schweren Weg zum Galgen antreten müssen – falls ihn nicht zuvor die eigenen Arbeiter in Stücke rissen.
So sah es auch Harald Hagen. Er neigte das massige Haupt.
„So weit, so gut."

Brown war begriffsstutziger.
„Brandis gehört zu uns?! Dann darf man nicht zulassen ..."
Der AGA-Chef fiel ihm ins Wort.
„Eine Klappe – zwei Fliegen! Brandis' Rolle ist festgeschrieben. Er sorgt dafür, daß wir mit dem Attentat gar nicht erst in Verbindung gebracht werden. Doch da man ihn nicht überzeugen kann, muß man ihn benutzen. Der wahre Attentäter wird selbstverständlich ein anderer sein."
Kamerad Hagen verschluckte sich am Rauch seiner Havanna.
„Verdammt, Colonel!" keuchte er. „Da wird jemand engagiert, ohne daß ich etwas davon erfahre ..."
Diaz hob eine Hand.
„Ihre Leute werden noch benötigt, verehrter Kamerad, wenn auch nur für die Vorarbeit. Ansonsten gehen wir diesmal auf Nummer Sicher."
Chuck Brown schaltete sich ein.
„Da ich die Propaganda übernehme, sollte ich wohl endlich erfahren, worauf ich mich einstellen muß."
Diaz reagierte darauf mit einem dünnen Lächeln.
„Denken Sie nach, Kamerad Brown! Wieviele Schlappen haben wir einstecken müssen? Zehn, zwölf, zwanzig?"
„Ich begreife nicht."
„Jedesmal, wenn wir zuschlagen wollten, gab es irgendwo eine Panne. Unsere Organisation blutet allmählich aus. Warum? Ich will es Ihnen sagen,

Kamerad Brown." Colonel Diaz' Stimme bekam einen atemlosen Klang. „Weil wir uns stets auf Menschen verlassen haben. Aber Menschen sind unzuverlässig. Sie werden schwach. Sie vergessen ihre Ideale. Sie verkaufen ihre Überzeugungen. Oder sie verlieren im letzten Augenblick den Mut. Richtig?"
„Da ist was dran", bestätigte Kamerad Brown.
„Dazu kommt – die Intelligenz eines Menschen endet an den Grenzen seiner Person. Für fremde, zusätzliche Intelligenzen gibt es in seinem Gehirn keinen Platz. Das macht ihn berechenbar. Und wer berechenbar ist, ist zugleich besiegbar. Richtig?"
„Auch da ist was dran", bestätigte Kamerad Brown.
„Zustimmung allein ist nicht genug!" sagte Colonel Diaz. „Sie müssen auch die Schlußfolgerung aus Ihren Erkenntnissen ziehen. Also?"
„Worauf wollen Sie hinaus, Colonel?"
„Darauf", sagte Colonel Diaz, „daß wir einen Attentäter brauchen, dem alle diese menschlichen Unzulänglichkeiten fremd sind."
Hagen ließ ein protestierendes Schnauben vernehmen.
„So einen Kerl gibt es nicht, Colonel. Und ich kenne so ziemlich alle Halsabschneider der EAAU."
Colonel Diaz wies den Einwand gelassen zurück.
„Ich habe ihn gefunden", verkündete er.
Der massige Taxiunternehmer fand plötzlich, daß die Zigarre seine Konzentration störte. Angewidert warf er den schwelenden Stumpen in den Aschenbecher.

„Hören Sie auf, uns auf die Folter zu spannen, Colonel! Wer ist es?"

„Der Eismensch", sagte Colonel Diaz.

„Sagt mir nichts."

„Aber der Name Jakoby sagt Ihnen was, Kamerad Hagen?"

„Wenn Sie den Professor meinen, diesen Psychomechaniker –"

„Den meine ich in der Tat", bestätigte Colonel Diaz. „Jakoby regte vor etlichen Jahren die Serienfertigung von Homaten an – speziell für den Arbeitseinsatz unter extremen Weltraumbedingungen. Die Sache klappte nicht. Die Damen und Herren von der Weltwacht machten moralische Einwände geltend. Der Homat verschwand wieder in der Versenkung. In seinem Privatlabor experimentierte Jakoby jedoch weiter."

Der blonde Mann wischte sich die schütteren Augenbrauen.

„Homat – das Wort höre ich zum ersten Mal."

„Ich auch", kam ihm Kamerad Hagen zur Hilfe.

Der Chef der Abteilung Geheime Aktionen lehnte sich zu einem ausführlicheren Vortrag im Sessel zurück.

„Homat ist nur die Fachbezeichnung für Eismensch. Homat steht für Homo Automaticus."

„Das klingt nach Roboter!" warf das Fleischgesicht ein.

Colonel Diaz zog irritiert die Brauen hoch.

„Bitte, lassen Sie mich ausreden, Kamerad! Ein Robo-

ter? Doch ja, das Skelett ist das eines Roboters – praktisch die ganze Mechanik. Andererseits trägt die" – Colonel Diaz suchte nach dem passenden Wort – „die, sagen wir, Verpackung dem Umstand Rechnung, daß ein solcher Homat auch mal als Bordkamerad in einem Raumschiff Verwendung finden kann – bei akutem Personalmangel. Jakoby selbst" – Diaz zog einen Zettel aus der Brusttasche – „hat ihn in der abgelehnten Patentschrift wie folgt beschrieben: ‚Ein künstlicher Mensch mit einem vollcomputerisierten Gehirn, in dem Erfahrung und Wissen von wenigstens zwölf Tatmenschen gespeichert sind.'" Der Colonel steckte den Zettel wieder ein. „Kameraden", sagte er feierlich, „der Homat ist unser Mann! Eine kaltblütige, vollcomputisierte Intelligenzbestie. Kein normaler Mensch kann damit konkurrieren."
Über den Bildschirm flimmerte der Zusammenschnitt der Tagesereignisse in den Drei Vereinigten Kontinenten. Die *Reinigende Flamme* an der Wand schien plötzlich zu lodern, als hätte der Weltbrand, den die drei Männer im Penthouse planten, bereits begonnen.
„Zugegeben", sagte der Blonde mit betonter Nüchternheit, „so ein Homat könnte unser Mann sein. Er wäre praktisch unbestechlich. Aber was hat es mit der anderen Bezeichnung auf sich: Eismensch?"
Der Colonel löste den Blick von der TV-Wand.
„Ich wäre gleich noch darauf gekommen, Kamerad Brown. *Eismensch* deshalb, weil die Körperfüllung des Homaten natürlich nicht aus Fleisch und Blut be-

steht, sondern aus einer formbaren unverderblichen Masse – aus amorphem Eis."

„So etwas wie Eis am Stiel?" erkundigte sich der ehemalige *Brandstifter*-Major. „Colonel, sollen wir uns jetzt erheitert fühlen?"

Der Colonel verzog keine Miene.

„Eis am Stiel, gewissermaßen", stimmte er zu. „Aber eben – kein gewöhnliches Eis. Amorphes, also ungefestigtes, nichtkristallines Eis entsteht beim Zehntausendfachen des normalen Luftdrucks und bei minus 196 Grad. Es ist die dauerhafteste Materie, die die Welt kennt." Colonel Diaz hatte sich atemlose Aufmerksamkeit gesichert. „Die Füllung ist formbar, erwähnte ich vorhin. Für unsere Zwecke ist das besonders wichtig. Doch dieses Kapitel stellen wir für den Moment noch zurück –"

Kamerad Hagen konnte seine Wißbegier nicht länger im Zaum halten. Er fiel seinem Vorgesetzten ins Wort:

„Und wie weit ist Jakoby mit seiner Arbeit an dem kalten Krieger gekommen?"

Das war der springende Punkt. Hagen war ein abgebrühter Rekrutierer. Nur ein Narr verpflichtete für einen Präsidentenmord den Großen Unbekannten. Oder ein abgewimmeltes Patent.

Der Colonel war auf eine solche Frage vorbereitet.

„Ich habe – völlig unauffällig – Erkundigungen eingezogen", erwiderte er. „Ein Prototyp des Homaten ist praktisch fertiggebaut. Jakoby bewahrt ihn in seinem Privatlabor auf – hinter Schloß und Riegel."

Kamerad Hagen ließ ein verächtliches Schnaufen vernehmen.

„Kein Problem. Ich werde Spezialisten einsetzen. Die knacken mit bloßen Händen den dicksten Bunker."

„Wir haben nicht viel Zeit!" gab Colonel Diaz zu bedenken. „Jakoby hat offenbar Skrupel bekommen. Er trägt sich mit der Absicht, den Eismann wieder in der Retorte verschwinden zu lassen. In Kollegenkreisen soll Jakoby geklagt haben, daß die Intelligenzchips, die er im Gehirn des Homaten installiert hat, charakterlich nicht immer einwandfrei sind."

„Ah?" entfuhr es dem Kameraden Hagen.

Kamerad Brown klärte ihn auf.

„Mit anderen Worten – das gute Kind klaut silberne Löffel."

„Ah?" entfuhr es dem Kameraden Hagen noch einmal.

„Jakobys Baby ist kriminell veranlagt", sagte Kamerad Brown.

„Na, so ein Pech!"

Das Penthouse dröhnte unter dem Gelächter der drei Männer.

Colonel Diaz gebot dem Frohsinn Einhalt.

„Noch eine zusätzliche Information, Kameraden, eine sehr wichtige. In seiner Patentschrift erwähnt Jakoby die ‚sinnvolle Verselbständigung' des Homaten. Die ist bisher nicht erfolgt."

Wieder einmal war Kamerad Brown der schnellere Denker.

„Soll das heißen, der Computer ist nicht programmiert?"
Diaz nickte.
„Jakoby würde sagen: Der Eismensch ist noch nicht motiviert. Dazu fehlt noch das entsprechende Implantat – ein Stück menschliches Zellgewebe. Und damit ..."
Der Colonel stellte plötzlich den Fernseher lauter.
„... sind auf der Venus inzwischen keine engeren Mitarbeiter des vor einem knappen Monat hingerichteten Staatsverbrechers Chemnitzer mehr in Amt. Friedrich Chemnitzer ..."
Das Bild des Mannes, der mit krankhafter Energie zweimal versucht hatte, sich der Erde zu bemächtigen, war unmittelbar vor seinem letzten Gang aufgenommen. Und es machte, sobald man ihm in die Augen blickte, schaudern.
„... alias Felix Chesterton alias Fabricius Chilparich alias Ferdinand Chauliac hatte sich zuletzt als Sir Oleg, Gouverneur der Venus, getarnt ..."
Colonel Diaz' Zeigefinger zielte auf den Bildschirm.
„Die fehlende Motivation, Kameraden! Das ist sie!"
Die beiden Männer blieben stumm, als hätte es ihnen die Sprache verschlagen.
Colonel Diaz brach das Schweigen.
„Chemnitzer wurde von Brandis mit Hilfe einer Zeitspule entlarvt, und Hastings als Präsident der EAAU bestätigte das Urteil des Obersten Gerichts. Chemnitzer hatte also allen Grund, beide unversöhnlich zu

hassen." Der Colonel griff plötzlich in die Tasche. „Und er hat diesen Grund auch heute noch – nach seinem Tode. Und noch etwas für uns Wichtiges ist in seinem Zellgewebe gespeichert: All das technische Wissen, das er sich als Chef der Pioniere angeeignet hat ..."

Viel mehr braucht man über den Hintergrund der *Eismensch-Verschwörung* nicht zu wissen. Auch über die Verschwörer selbst lohnt weiteres Berichten kaum.
Wie die meisten Smith-Anhänger waren sie Leute, die sich einbildeten, im Leben schuldlos zu kurz gekommen zu sein. Sie waren auf Vergeltung an der Gesellschaft aus, aber sie nannten dies „den gerechten Ausgleich". Und der Umstand, daß sie an diese Lüge sogar glaubten, machte sie gefährlich.
Am gefährlichsten waren sie logischerweise dann, wenn sie an die Schaltstellen der zivilisatorischen Macht gerieten.

2.

Aus dem violetten Abendhimmel über Metropolis löste sich ein sanftes Summen.
Ein einsamer Helikopter zog seine Bahn.
Schon wuchsen in der Stadt, die bis zum Tag, an dem sich das graue Zwielicht über die Erde legte, die lebendigste der Welt gewesen war, Kinder auf, die bei solchem Summen den Kopf hoben, um das seltene Ereignis in Augenschein zu nehmen.
Und auch die älteren unter den Einwohnern mußten gelegentlich feststellen, daß sie sich an den leergefegten Himmel über der Stadt eigentlich schon gewöhnt hatten.
Würden die guten, alten Zeiten je zurückkehren? Erst der Hunger. Nun Frost und Kälte. Dampfender Atem und steinhart gefrorener Boden. Und immer neue Beschränkungen.
Einsparung von Strom.
Einsparung von Hauswärme.
Einsparung von Verkehrsmitteln.
Einsparungen, Einsparungen ...

Freilich – so leer wie an diesem Tag war der frostige Himmel selbst vor kurzem noch nicht gewesen.
Das war die nächste Einsparung.
Wer jetzt noch die rotierenden Düsen heulen ließ, mußte im Besitz einer besonderen Erlaubnis sein. Treibstoff war zu einem kostbaren Gut geworden. Er mußte herhalten, um die Produktionslücken zu füllen, die der Verzicht auf Erdwärmeenergie der Wirtschaft geschlagen hatte.
Wenn das wenigstens funktioniert hätte ...
Und *Intersolar?* Angeblich sollte das astrale Kraftwerk die Wende bringen. Aber noch wurde daran gearbeitet.
Im Helikopter betrachtete der Leiter des *Intersolar*-Projekts, Commander Mark Brandis, nachdenklich das schlafende Kind auf seinem Schoß. Mark Junior war ein elternloses Überbleibsel der Großen Katastrophe, aufgelesen in einem Totenhaus. Ruth hatte ihn unter ihre Fittiche genommen – Ruth O'Hara, die jetzt am Steuer saß.
Brandis' Alter war kaum zu schätzen. Dem gebräuchlichen Kalender nach war er ein Mann über Fünfzig. Aber er sah jünger aus, als hätte er unter den Sternen aufgehört zu altern.
Wahrscheinlich war dem so.
Die Ärzte, deren Untersuchungen sich der Organisator des astralen Rettungsdienstes, dessen bis auf weiteres beurlaubter Erster Vormann er geblieben war, wie jeder andere Astronaut in regelmäßigen Abständen

stellen mußte, sprachen von der Relativität des Faktors Zeit.
Die Untersuchungswerte blieben konstant: Ein Mann in den besten Jahren.
Und auch an Ruth O'Hara, der Frau am Steuer des Helikopters, schien die Zeit spurlos vorüberzugehen. Die Sonne, die durch das Kabinendach fiel, brachte ihr schulterlanges brandrotes Haar zum Leuchten.
Ruth war an einem nie exakt festgelegten Tag auf Alpha geboren, wohin es die *Corona*-Expedition verschlagen hatte. Neununddreißig Jahre lang waren Schiff und Besatzung verschollen gewesen. Oder nur fünf? Da gab es zwei Rechnungen, die externe und die interne ...
Ruth leitete die Public-Relations-Abteilung der VEGA, des halbautonomen Raumfahrtunternehmens, das die Erforschung und Besiedelung des Sonnensystems in einem Maß vorangetrieben hatte, wie das noch vor einem Menschenalter undenkbar gewesen wäre. Ihr Mann, Brandis, war dort zuletzt Expeditionsführer gewesen.
Ruth wandte den Kopf, und man erkannte den irischen Schnitt ihres Gesichts mit den grünen Augen.
„Welches Haus ist es?"
Brandis zeigte es ihr: ein verwinkeltes Gebäude am Rande des Versuchsgeländes der Golim-Werke, von denen die Raumfahrt ihre meisten biomechanischen Produkte bezog.
Arthur Jakoby hatte sich offenbar nicht entscheiden

können, ob er in einem Bungalow wohnen wollte oder in einer Fabrik. Sein Haus hatte von beidem etwas.
„Wird er zu sprechen sein?"
„Präsident Hastings hat uns anmelden lassen."
Der Helikopter setzte auf dem Betonrund vor dem Hause auf, ohne daß Junior wach wurde. Brandis bettete ihn behutsam auf den Hintersitz.
„Ich fange an, mir vorzukommen wie sein leiblicher Vater", sagte er.
Ruth lachte.
„Für ihn bist du das längst", antwortete sie. „Und ich die leibliche Mutter. Wir sind alles, was er hat."
Brandis blickte auf die Uhr. Auf der Baustelle unter den Sternen war seine Anwesenheit wichtig – aber auch dieser Besuch war wichtig. Es hatte Pannen gegeben, Unfälle.
„Was überlegst du, Mark?"
„Wie ich das anfange. Eine alte Regel lautet: Wenn du bei Professor Jakoby etwas erreichen willst, darfst du ihm nicht mit der Tür ins Haus fallen. Der alte Herr ist ein Sonderling. Er braucht das Vorspiel."
An diese Worte mußte Ruth denken, als sie eine Minute später in der werkstattähnlichen Empfangshalle standen, nachdem ein schlurfender Roboter ihnen die Tür geöffnet und einen verdrießlichen Quakton zur Begrüßung von sich gegeben hatte.
Professor Jakoby, ein grauhaariger Mann mit dem asketischen Gesicht eines Denkers und den feingliedrigen Händen eines Chirurgen, strafte Brandis' Be-

schreibung Lügen. Er gab sich zugeknöpft, fast abweisend kalt, und kam sofort zur Sache.
„Ich bitte um Verständnis, daß ich Sie abfertigen muß, ohne Ihnen Platz anzubieten. Ich bin wirklich sehr beschäftigt. Was ist das Problem?"
Falls Brandis über Jakobys bündige Kürze überrascht war, ließ er sich das zumindest nicht anmerken.
„Ruth O'Hara kennen Sie schon, Professor, meine Frau?"
„Es ist mir eine Ehre", erwiderte Jakoby steif, ohne sich zu rühren. „Ein andermal werden wir plaudern. Aber jetzt ..."
Ruth fühlte sich unbehaglich, ein unwillkommener Gast in einem Haus mit beklemmender Atmosphäre.
Auch Brandis ließ nun alle Floskeln der Höflichkeit beiseite.
„Engineer Zwei, Professor."
„Was ist damit?"
„Murks."
„Wieso?"
„Überprüfen Sie den Auftrag!"
„Dafür ist die Geschäftsleitung zuständig."
„Sie sind der Konstrukteur."
Engineer II hießen – Ruth wußte es – die Montage-Roboter, wie sie unter anderem beim Bau von *Intersolar* Verwendung fanden.
„Lassen Sie hören, Commander!"
„Die Hydraulikzylinder der Parabolspiegel stehen unter enormem Druck, eine explosive Angelegenheit.

Alle Schraubverschlüsse sind mit Linksgewinde versehen."

„Und?"

„Einige der Engineers sind auf Rechtsgewinde programmiert."

„Das kann nicht sein."

„Professor Jakoby, ich habe zwei tote Arbeiter zu beklagen, nur weil einer Ihrer verdammten Roboter zu dämlich war, um ein Linksgewinde von einem Rechtsgewinde zu unterscheiden!"

Irgend etwas geschah mit Jakoby. Ruth sah es. Er senkte betroffen den Kopf und blieb eine Weile lang stumm. Als er den Mund wieder aufmachte, sagte er dumpf:

„Das tut mir leid."

Brandis' Stimme verlor an Schärfe.

„Wir schicken Ihnen die ganze Serie zurück, Professor, zur Nachkontrolle."

„Ich werde mich sofort darum kümmern."

„Wir brauchen die Engineers dringend."

„Kann ich mir denken."

Einen Atemzug lang hatte Ruth das Gefühl, daß die Spannung nachließ. Jakoby schien mit sich selbst uneins zu sein. Seine Blicke schweiften durch den Raum – wie auf der Suche nach einer noch rasch zu gewährenden Gastlichkeit. Aber gleich darauf gefror sein Gesicht wieder zur Maske.

„Wäre dann alles besprochen, Commander?"

„Im Prinzip ja, Professor. „Das heißt –"

„Bitte. Ich stecke mitten in einem Experiment."
Ruth fühlte sich nicht wohl in ihrer Haut. Vielleicht war das wirklich ein unpassender Augenblick. Doch Brandis rührte sich nicht. Wenn er unnachgiebig sein wollte, war er das voll und ganz. Offenbar hatte er noch mehr auf dem Herzen und lehnte es ab, sich hinausdrängeln zu lassen.
„Mit ihren Experimenten wird es spätestens dann zu Ende sein, Professor, sobald auch hier die Lichter ausgehen. Ohne *Intersolar* keine Energie."
Professor Jakoby ließ plötzlich müde die Schultern hängen.
„Das soll heißen – ich muß Sie anhören, Commander?!"
Brandis' Stimme klang auf einmal fast bittend.
„Können Sie sich die Bedingungen vorstellen, unter denen meine Leute arbeiten? Sie sind dabei, eine Schlacht zu schlagen, die kaum zu gewinnen ist. Sie haben eine Ruine vorgefunden und sollen daraus ein funktionierendes Kraftwerk machen. Sie schuften rund um die Uhr – bei 270 Grad minus. Das sind nur drei Grad über dem absoluten Nullpunkt. In ihren dicken Raumanzügen sind sie unbeweglich wie Panzertaucher – aber sie müssen Feinarbeit verrichten. Ich brauche die Engineers, um sie zu entlasten."
„Ich sagte", erwiderte Jakoby, „Sie können sich auf mich verlassen."
„270 Grad minus!" wiederholte Brandis. „Selbst die Engineers machen dabei kaum noch mit. Das Hydrau-

liköl wird dickflüssig. Man muß sie in regelmäßigen Abständen aufwärmen."
Professor Jakoby blieb stumm.
Brandis schien seine Gedanken erst von den Sternen zurückholen zu müssen, bevor er den Faden wieder aufnehmen konnte.
„Haben Sie nicht einmal an einem Homo Automaticus gearbeitet, Professor – an einem Kunstmenschen aus amorphem Eis?"
Brandis schien es nicht wahrzunehmen, aber Ruth bemerkte es: Die Frage löste Erschrecken aus. Professor Jakoby sah plötzlich aus, als fühle er sich nicht wohl.
„Richtig", antwortete er, „aber da gab es zu viele Probleme."
„Mit dem amorphen Eis?"
„Sie sagen es."
„Hervorgehoben wurde seine Modellierfähigkeit. Machten Sie sich nicht anheischig, den Homaten in jeder gewünschten Gestalt zu liefern?"
In Ruth festigte sich der Eindruck, daß das Thema dem alten Herrn unangenehm war.
„Ich bin davon abgekommen. Amorphes Eis reagiert auf Wärme. Wenn man es nicht hinreichend isoliert, kristallisiert es." Jakobys Stimme wurde ohne erkennbaren Grund lauter. „Verstehen Sie, Commander? Amorphes Eis neigt dazu, sich bei steigender Temperatur in gewöhnliches Eis zu verwandeln. Es ist nicht immer Verlaß darauf."
Brandis setzte die Information um in Bildhaftigkeit.

„Heißt das, der Eismensch wird bewegungsunfähig?"
„Bis zum Totalausfall."
Wieder wäre ein guter Augenblick gewesen, um den unwillkommenen Besuch zu beenden und sich zu verabschieden. Aber Brandis war noch nicht zufriedengestellt.
„Und wenn Sie sich mit der Frage der Isolierung noch einmal beschäftigten, Professor? Ein Dutzend kälteresistenter Eismenschen wäre genau das, was uns auf der Baustelle fehlt."
Jakoby schüttelte den Kopf.
„Ich habe das Experiment abgebrochen."
„Wegen der Weltwacht?"
„Unter anderem."
„Aber Sie könnten es wiederaufnehmen?"
„Ich bin nicht dazu bereit."
Brandis – Ruth fiel es auf – zwang sich zur Geduld. Dies war eine seiner Gaben, die ihn letztlich auf den verantwortungsvollen Posten geführt hatte, den er bekleidete. Bei aller Rastlosigkeit, die in ihm steckte und ihn von einer Aufgabe zur andern drängte, konnte er sich beherrschen. Was er an Selbstbeherrschung nicht auf der Astronautenschule der VEGA gelernt hatte, war von ihm in der harten Schule der Praxis unter den Sternen in späteren Jahren erworben worden.
„Professor, die Weltwacht brauchen Sie nicht länger zu fürchten. Ich verfüge über weitreichende Vollmachten."
„Es wäre nicht die Weltwacht, Commander", antwor-

tete Professor Jakoby schließlich, „was ich zu fürchten hätte. Das sind letztlich Leute, mit denen man reden kann. Zu fürchten wäre etwas anderes."
Brandis verharrte abwartend.
Jakoby konnte nicht umhin, seine ablehnende Haltung zu begründen.
„Das Zellgewebe, das ich benutzte, um dem Homaten mit Wissen und Erfahrung auszustatten, war keinesfalls das von Heiligen. Sie verstehen, was ich meine?"
„Ich nehme an, Sie experimentieren mit dem Zellgewebe von Verbrechern. Ist es das?"
Jakoby neigte den Kopf.
„Ich benötigte gespeicherte Eigenschaften wie Entschlußkraft, Risikofreudigkeit, Ausdauer und Mut. Gepaart mit hochgradiger Intelligenz. Mein Wunsch konnte nur auf eine Weise befriedigt werden. Das Resultat der Implantationen war verheerend. Die Elektronik zog aus den Implantaten heraus, was sie für nützlich erachtete." Jakoby bewegte unglücklich die Schultern. „Verstehen Sie, Commander? Ohne moralische Kompensation sind alle diese Eigenschaften gefährliche Elemente. Doch der Computer ist alles andere als eine moralische Bremse – im Gegenteil. Der Homat wäre ein zu gefährliches Instrument gewesen."
Es war ein Geständnis in aller Offenheit. Ein Wissenschaftler zeigte die Grenzen auf, innerhalb derer er sich bewegte.
Brandis hielt dem Professor plötzlich die Hand hin.
„So leid es mir tut, Professor, ich akzeptiere Ihre Ent-

scheidung. Wahrscheinlich haben Sie recht. Nicht alles, was machbar ist, sollte auch gemacht werden. Das gilt auch für den Homaten. Leben Sie wohl."
Für den schlurfenden Roboter war offenbar ein Stichwort gefallen. Mit mißmutigem Brabbeln machte er sich auf den Weg zur Tür.
Professor Jakoby scheuchte den blechernen Türschließer zurück. Er ließ es sich nicht nehmen, seine Besucher selbst hinauszubegleiten. Vor der Schwelle legte er mit spontaner Herzlichkeit einen Arm um Ruth.
„Ich war nicht sehr freundlich", sagte er. „Tragen Sie's mir nicht nach, wenn Sie sich meiner erinnern."
Draußen drehte sich Ruth noch einmal um. Professor Jakoby blickte den Besuchern nach. Plötzlich wurde sich Ruth des Umstandes bewußt, daß er Angst hatte. Angst wovor?
In dieser Sekunde schloß Professor Jakoby die Tür.

3.

Der Helikopter schwang sich in das dunkler gewordene Violett, um dann Kurs zu nehmen auf das Rampengelände der VEGA am anderen Ende der künstlichen Insel namens Metropolis.
Ruth kämpfte mit einem Anfall von Niedergeschlagenheit.
Sie wußte, daß die Ehe, die sie mit Mark Brandis führte, nicht mit dem alltäglichen Maß gemessen werden durfte. Darüber war sie sich schon im klaren gewesen, als sie diesem ungewöhnlichen Mann ihr Ja-Wort gegeben hatte – diesem Mann, der die meiste Zeit seines Lebens unter fernen Sternen zubrachte, während sie, fast immer, auf der Erde zurückblieb.
Brandis kehrte zur Baustelle zurück, und wenn sich damit auch kein neuerlicher Aufbruch ins Ungewisse verband, ließ sich die Spanne der bevorstehenden Trennung doch nicht überblicken.
Junior schlief friedlich auf dem Hintersitz. Ihm war warm, zugedeckt mit Brandis' goldbetresster Jacke. Brandis hatte sich hemdsärmelig in seinen Sitz etwas

zurückkippen lassen. Wie immer vor einem Aufbruch zu den Sternen war er wenig gesprächig.

Unter dem Helikopter zog die Hauptstadt der EAAU vorüber. Der Verkehr in den Straßenschluchten glich einem versiegenden Rinnsal. Die Plätze wirkten wie ausgestorben. Die Stadt – Ruth fröstelte plötzlich – schien Kälte auszustrahlen.

Die für die kanadischen Weizenprovinzen bestimmten Großtanker lagen immer noch untätig im Hafen und warteten weiter auf ihre Fracht, flüssigen Kunstdünger. Experten hatten schon vor Monaten gewarnt: die gesteigerte Kunstdüngerproduktion zehre die letzten Energien auf. Mit der Erdwärme würde es genau so gehen wie mit den fossilen Brennstoffen – eines Tages würde auch sie erschöpft sein.

Und nun war es so weit.

Die Weltwirtschaft war immer mehr zu einem System der gegenseitigen Abhängigkeiten geworden, zu einem komplizierten Räderwerk. Der Ausfall eines einzigen Rades, in diesem Fall des Energierades, brachte den ganzen Mechanismus zum Stehen.

Sogar auf der Baustelle unter den Sternen – Brandis hatte das berichtet – bekam man die Auswirkung der Krise zu spüren: Dringend benötigte Bauelemente und Ersatzteile ließen auf sich warten, weil in den Fabriken auf der Erde die Maschinen stillstanden.

Zu den wenigen Betrieben, die noch in vollem Umfang arbeiteten, gehörten die Golim-Werke mit ihrem eigenbrötlerischen Chefkonstrukteur.

Ruth wandte plötzlich den Kopf.

„Professor Jakoby kam mir bedrückt vor – fast wie ein Mensch, der unter großem seelischem Druck steht. Ist dir das nicht aufgefallen?"

Brandis' einsilbige Antwort verriet, daß er, längst mit anderen Gedanken beschäftigt, kaum zugehört hatte:

„So?"

Ruth entsann sich der letzten Sekunden: bevor die Tür ins Schloß fiel.

„Mark, wovor hatte er Angst?"

Brandis begann sich auf die Gegenwart. Mit einem kleinen Seufzer stellte er die Rückenlehne senkrecht.

„Du sprichst noch immer von Jakoby."

„Also, ich hatte den Eindruck – sein Verhalten war nicht normal."

Ruth war schon halb wieder beruhigt, als sie sah, daß Brandis sich in keiner Weise aufregte. Und seine erheitert klingende Antwort beruhigte sie vollends:

„Ruth, Mädchen, Jakoby ist der klassische Fall von Genie mit Macke. Wir störten bei einem seiner Experimente."

„Wirklich, sonst nichts?"

„Nun ja, er war nicht die Liebenswürdigkeit in Person. Soll ich mich darüber aufregen? Hauptsache, ich bekomme meine Engineers zurück, wie ich sie brauche."

Vor dem Cockpit der *Libelle* tauchte das weitgefächerte Rampengelände der VEGA auf, dieser größte aller Raumbahnhöfe der Welt. Fast alle aufsehenerre-

genden astralen Expeditionen waren von hier aus aufgebrochen. Ruth drückte die Maschine tiefer.
„Wer ist dein Pilot?"
„Gregor Chesterfield."
„Ach. Wollte er nicht Kommunikator werden?"
„Er hat sich umschulen lassen."
„Und wie macht er sich als Pilot?"
„Ich denke, ich nehme ihn nach dieser Sache mit zur UGzRR."
Die Rede war von einem jungen Mann, der seine zweite Karriere gestartet hatte – nach einer unrühmlichen Laufbahn als skandalumwitterter Playboy. Vor vier Jahren hatte ihm Brandis eine helfende Hand gereicht – vielleicht sogar die rettende.
Und nun war er mit dem Jungen zufrieden. Ruth hörte es gern.
Das Schiff, das Brandis zurück zur Baustelle bringen sollte, ein wendiger Touren-Kreuzer der *Rapido*-Klasse, parkte auf der Rampe *Rublew*. Der Name erinnerte an den großen Astronauten, der von kühner Sternfahrt nicht mehr heimgekehrt war: das Opfer eines ruchlosen Verbrechens unter den Sternen, wie man neuerdings wußte.
Eine Gangway spannte sich hinab zur Erde. Ruth setzte davor auf.
Brandis langte nach seiner Jacke, und als Junior schlaftrunken die Augen aufschlug, strich er ihm behutsam über das zerzauste Haar.
„Kein Grund zur Aufregung", sagte Brandis. „Wir se-

hen uns wieder." Und an Ruth O'Hara gewandt, fügte er hinzu: „Morgen werden die Heizungen abgeschaltet. Paß auf ihn auf!"

„Wie auf mich selbst", sagte Ruth.

Brandis klappte den Lukendeckel auf, und die grausame Kälte des Abends brach über sie herein.

Ruth folgte ihrem Mann in den klirrenden Wind, der einem den dampfenden Atem in Form winziger Eiskristalle ins Gesicht schlug.

Chesterfield kam die Gangway herabgeeilt.

„Alles klar, Sir. Der Tower gibt uns den Start frei, sobald Sie an Bord sind."

„Danke, Gregor."

„Nett, daß ich Sie auch einmal zu sehen bekomme, Ruth."

Ruth rang sich ein Lächeln ab.

„Fliegen Sie vorsichtig, Gregor!"

Brandis sorgte dafür, daß das Gespräch kurz blieb.

„Ruth, du erkältest dich."

Es war so weit. Das Schiff war startklar. Unter den Sternen wartete die Aufgabe. Mit seinen Gedanken war Brandis schon unterwegs. Nichts konnte ihn mehr aufhalten. Ruth kannte diese Augenblicke. Sie kannte sie nur zu gut. Wieviele Abschiede dieser Art hatte es bereits gegeben? Manchmal haßte sie sie. Genau genommen – sie haßte sie immer wieder. Und jedesmal mehr.

„Ich liebe dich, Mark."

„Das wird mich zurücktreiben, Ruth."

„Ich werde darauf warten."
„Ich weiß."
Wie sich die Abschiede ähnelten! Immer wieder reduzierten sie die Sprache auf ein paar wenige Worte, auf die wesentlichsten.
Brandis löste sich aus Ruths Armen, straffte sich und enterte raschen Schrittes die Gangway hoch. Chesterfield eilte hinter ihm her.
Vor der Schleuse drehte sich Brandis noch einmal um.
„Ruth!"
„Ja."
„Ich liebe dich."
Sekunden später fuhr die Gangway ein, und Ruth zog sich aus der unmittelbaren Nähe der Rampe zurück.
Aus dem Violett des Himmels war rauchiges Dunkel geworden. Über dem örtlichen Horizont flimmerte die Venus.
An den Helikopter gelehnt, verfolgte Ruth den Start des Tourenkreuzers.
Fast lautlos hatte die schlanke Maschine zu steigen begonnen. Und erst, als sie eine gewisse Höhe erreicht hatte, entdeckte man das blaue Feuer ihres Triebwerkes.
Ruth hob die Hand und winkte.
Es war sinnlos. Niemand sah es. Die Entfernung war längst zu groß.
Ruth winkte trotzdem.
Das Schiff löste sich immer mehr aus den physikali-

schen Fesseln, die es an die Erde bannten. Es wurde schneller.
Und dann – plötzlich – war es nicht mehr zu sehen.
Ruth wandte sich ab. Ihre Augen tränten. Heulte sie? Natürlich heulte sie nicht. Natürlich lag es nur an diesem verdammten Wind.
Ruth griff in die Tasche.
Der Umschlag, den sie zusammen mit dem Taschentuch herauszog, war zuvor nicht darin gewesen. Das wußte sie genau.
Im Helikopter nahm sie ihn noch einmal zur Hand. Er war verschlossen. Unter der Kartenlampe riß sie ihn auf. Er schien leer zu sein. Doch in der unteren linken Ecke des Umschlages lagerte eine Prise silbrig schimmernden Staubes.
Ruth schob einen Finger in den Umschlag.
Der Staub knisterte.
Plötzlich wußte Ruth, wann und wo der Umschlag in ihre Tasche geraten war.
Es war geschehen, als Professor Jakoby in unvermuteter Vertraulichkeit einen Arm um sie gelegt hatte.

4.

Professor Jakoby hatte die beiden fremden Männer in seinem Haus vorgefunden, als er aus dem Betrieb heimgekehrt war. Die elektronischen Sperren, die das Haus sicherten, hatten sie nicht aufzuhalten vermocht. Sie waren durch den Fußboden gekommen – mit Hilfe eines motorisierten Rohrverlegers vom Typ *Maulwurf*. Das Gerät, ein gedrungener Torpedorumpf mit einer spiralförmig verlaufenden, diamantbesetzten Raupe, hatte bei seinem Auftauchen das Schlafzimmer in einen Trümmerhaufen verwandelt.

Der eine Mann war groß, kräftig und wurde gern handgreiflich; vor ihm hatte Professor Jakoby am meisten Angst. Der andere Mann war klein und von öliger Jovialität. Beiden war gemeinsam, daß sie sich auf lautlosen Sohlen bewegten und die hauchdünnen schwarzen Handschuhe, die ihre Hände bedeckten, niemals abstreiften.

Gewissermaßen zur Begrüßung hatte der Große gesagt: „Versuchen Sie nicht, uns hereinzulegen, Weißkittel. Solche Versuche mögen wir gar nicht."

Und der Kleine hatte höflich hinzugefügt: „Wirklich, es täte mir leid, wenn Ihnen etwas zustoßen müßte, Professor. Es liegt in Ihrem eigenen Interesse, uns keine Schwierigkeiten zu machen."
Die Situation ließ dem alten Herrn keine Wahl. Schweren Herzens unterwarf er sich.
Der Kleine setzte ihm auseinander, was sie von ihm erwarteten. Jakoby überlief es kalt. Er war bemüht, den Männern das Vorhaben auszureden, aber das brachte lediglich den Großen gegen ihn auf.
Einmal glaubte Jakoby, die Eindringlinge übertölpeln zu können. Unter dem Vorwand, den Raum für die bevorstehende Operation sterilisieren zu müssen, schickte er die beiden Männer für ein paar Minuten aus dem Labor. Doch die waren gerissener, als er dachte und hatten Vorsorge getroffen. Die Visiofon-Direktleitung, die das Labor mit dem Betrieb verband, war lahmgelegt. Später war dem Professor fast das Herz stehengeblieben, als die Männer den silbrigen Staub an seinem Ärmel bemerkten. Aber der Kelch war noch einmal an ihm vorübergegangen, denn der Kleine hatte mit geheucheltem Vorwurf lediglich gesagt:
„Na, na, na, Alterchen – unter welchen Betten sind Sie herumgekrochen?!"
Und Jakoby beeilte sich, sein äußeres Erscheinungsbild in Ordnung zu bringen.
Problematisch war es gewesen, den beiden Männern verständlich zu machen, weshalb ihr Ansinnen nicht

auf Anhieb erfüllt werden konnte – daß weniger der Eingriff selbst Zeit beanspruchte als das Absenken der Temperatur auf die erforderlichen Minusgrade.

„Im Normalfall dauert das vierundzwanzig Stunden", sagte Jakoby in der stillen Hoffnung, die Männer würden unter diesen Voraussetzungen von dem Vorhaben zurücktreten.

„Das ist kein Normalfall", antwortete der Große.

„Wir geben ihnen die Hälfte", sagte der Kleine. „In zwölf Stunden wird operiert."

Jakoby war keine Wahl geblieben.

In die Vorbereitungen hinein platzte nach einem Anruf aus dem Amtssitz des Präsidenten der Besuch von Commander Brandis und seiner Frau.

Als Jakoby den Anruf auf der Hauptleitung entgegennahm, hatte der Kleine darüber gewacht, daß kein verräterisches Wort fiel. Und dem Professor fiel in der Eile nicht ein, wie anders als mit Worten er den Sekretär des Präsidenten auf seine Notlage aufmerksam machen könnte.

„Es muß alles ganz normal wirken, Alterchen!" hatte der Kleine ihm zugeraunt.

Und nun war der Besuch fort, und Professor Jakoby fühlte sich zu Tode erschöpft.

Der kleine Mann kehrte pfeifend aus dem Obergeschoss zurück, wo er vom Fenster aus den Helikopter überwacht hatte: ob mit dem vielleicht nicht doch mehr angereist war als der Leiter des Projekts *Intersolar* und seine rothaarige Frau.

„Alles klar!" verkündete er munter. „Die sind weg. Alterchen hat sich wirklich gut benommen."

„Sonst wär's ihm auch schlecht bekommen", grunzte der Große, der die ganze Zeit über, während sich Professor Jakoby mit Brandis unterhielt, hinter einer Säule gestanden hatte – in jeder Hand eine entsicherte, pulsierende Bell – Schußwaffen von so verheerender Wirkung, daß sie in der EAAU seit Jahren zu den geächteten Artikeln gehörten. „Ich hab nun mal eine Abneigung gegen Weißkittel und Schlaumeier." Der Große steckte die Pistolen ein.

Jakoby lehnte sich gegen die Wand und schloß die Augen. Das Gespräch unter der tödlichen Bedrohung im Rücken hatte ihn ausgelaugt.

„Machen Sie's kurz, Alterchen!" hatte der Kleine ihm angeraten. „Wimmeln Sie sie ab – freundlich, aber bestimmt!"

„Und keine versteckten Andeutungen!" hatte der Große gewarnt. „Ich bleibe in der Nähe."

Und so war Professor Jakoby genötigt gewesen, dem Leiter des Projekts *Intersolar,* Commander Brandis, der unter menschenmordenden Bedingungen das Kraftwerk unter den Sternen in Betrieb zu setzen trachtete, bevor Wirtschaft, Handel und Leben auf der Erde vollends in Agonie verfielen, die Unwahrheit zu sagen.

Die Wahrheit wäre gewesen, daß er sich zwar mit der Absicht getragen hatte, das Experiment abzubrechen und das nahezu fertiggestellte Produkt wieder zu vernichten – daß er jedoch, dies zu tun, zu lange gezögert hatte. Und daß er nun nicht mehr Herr war in seinem eigenen Labor.

Die beiden Fremden verlangten von ihm, daß er das Werk vollendete: unter ihrer Aufsicht, nach ihrer Vorschrift. Jakoby schauderte.

Der Große stieß ihn an.

„Vorwärts, vorwärts! An die Arbeit! Wir wollen endlich vorankommen."

Jakoby bezwang seine Erschöpfung. Auf jeden Fall benötigte er einen klaren Kopf. Und – sollte es nicht doch noch möglich sein, den Männern das Vorhaben auszureden?

„Wenn Sie mein Gespräch mit Commander Brandis mitangehört haben", sagte er, „wissen Sie ja Bescheid. Der Homat, wie er ist, kann nur als bedingt tauglich bezeichnet werden. Sie werden nicht viel Freude an ihm haben."

Der Große blickte hilfeheischend auf seinen Kumpanen. Der schaltete sich ein.

„Was soll das heißen?"

„Das heißt", sagte Professor Jakoby, „daß die Kunsthaut des Homaten nicht über jene Isolierfähigkeit verfügt, die sie eigentlich haben sollte. Sie ist durchlässig. Wenn Sie im Physikunterricht aufgepaßt haben, wissen Sie, was das für die Füllung bedeutet."

Der Kleine verzog keine Miene.

„Uns interessiert nur, daß Ihr Eismensch marschiert, Alterchen."

Der Große betrachtete geflissentlich seine mächtige Faust.
„Mr. Weißkittel wird schon dafür sorgen, daß er marschiert."
Jakoby wollte zurückweichen, aber die Wand, an der er lehnte, ließ es nicht zu.
„Damit es keine Mißverständnisse gibt", sagte er rasch, „unter normalen Bedingungen ist die Betriebsfähigkeit des Homaten nicht gefährdet. Es muß nur darauf geachtet werden, daß er keinem plötzlichen Temperaturanstieg ausgesetzt wird."
Der Kleine zeigte sich amüsiert.
„Ach! Dann käme er wohl ins Schwitzen?"
Jakoby waren Leute verhaßt, die auf einen wissenschaftlichen Einwand mit flapsigen Bemerkungen reagierten. Er maß den Kleinen mit einem verächtlichen Blick.
„Ich versuche, Ihnen einen physikalischen Prozeß verständlich zu machen. Sobald aus dem amorphen Eis infolge plötzlicher Erwärmung kristallines Eis wird –"
Der Große sagte grob:
„Sie reden zu viel! Sparen Sie sich den Atem. Sie werden ihn noch brauchen."
Der alte Herr senkte den Kopf.
Die beiden Unbekannten ließen sich von ihrem Vorhaben nicht abhalten. Die technischen Unzulänglichkeiten des Homaten beeindruckten sie nicht.
„Gehen wir!" sagte der Große.
„Es ist noch zu früh!" widersprach Jakoby.

„Gehen wir!" sagte auch der Kleine.
Die Laboratorien und Werkstätten befanden sich in einem fensterlosen Seitenflügel des Gebäudes. Jakoby hatte den Anbau errichten lassen, um Forschung und Experiment auf eigene Faust betreiben zu können – unbehelligt durch die Inspektoren der ethischen Kommission, die in einem Betrieb wie den Golim-Werken ein- und ausgingen. Nicht alles, was wissenschaftlich und technisch machbar war, durfte im Betrieb gemacht werden. Jakoby war in die private Sphäre ausgewichen, in die Unantastbarkeit der eigenen Wohnung. Und hier hatte er im langjährigen Alleingang den Homaten geschaffen.
Der OP-Raum lag am Ende des Anbaus, gleich neben der verriegelten Kammer des Homaten. Der Weg dorthin führte durch eine taghell ausgeleuchtete Werkhalle, in der ein halbes Dutzend Roboter, mehr oder weniger auseinandergenommen, darauf warteten, daß Professor Jakoby Zeit fand, sich weiter mit ihnen zu beschäftigen.
Neben den kantigen Modellen der ersten und zweiten Generation und einem verbeulten *Engineer* gab es etliche *Butler,* wie sie mehr und mehr in den Haushalten Verwendung fanden. Auch Jakobys Türsteher war ein solcher *Butler*.
Neben der unverschlossenen Brandschutztür stand, versandfertig, ein Instrument zur Volksbelustigung. Die erbitterten Zweikämpfe, die sich die blechernen *Gladiatoren* in den Stadien lieferten, zogen nach der

harten Zeit der Entbehrungen und der Not mehr Menschen an als jedes Fußballspiel. Und wo eine Menschheit nach Vergnügungen giert, kommen in der Regel auch die Profitmacher zu ihrem Recht: Das Geschäft der illegalen Buchmacher blühte wie nie zuvor. Der hier abgestellte Kämpfer nun war Anlaß eines Volksaufstandes gewesen, als er sich im Neuen Stadion von Metropolis von einem kleineren und leichteren Gegner verprügeln ließ. Der Staatsanwalt hatte Jakoby zum Gutachter bestellt, und dieser war nach Überprüfung des Computers einem raffinierten Wettbetrug auf die Schliche gekommen.
Inzwischen war der *Gladiator* wieder fit.
Hier bot sich eine letzte Chance.
Der alte Herr war plötzlich stehengeblieben. Der Kleine machte den Großen darauf aufmerksam, und der drehte sich um.
Professor Jakoby schwankte. Er griff sich ans Herz. Er lehnte sich erschöpft gegen den *Gladiator*.
„Reißen Sie sich zusammen!" sagte der Große.
„Sachte!" sagte der Kleine. „Umfallen dürfen Sie später. Einstweilen werden Sie noch gebraucht."
Professor Jakoby atmete schwer. Er klammerte sich an den *Gladiator*. Und bei dieser Gelegenheit schaltete er ihn ein, ohne daß die beiden Eindringlinge den raschen Handgriff bemerkten. Danach richtete er sich auf, straffte sich und setzte den Weg fort. Dabei vermied er jede hastige Bewegung. Die beiden Männer dachten sich nichts dabei.

Der *Gladiator* stand unbeweglich auf seinem Platz. Es war ihm nicht anzusehen, daß seine Sensoren zu lauern begonnen hatten. Sie lauerten auf die Herausforderung, die ihn in eine rücksichtslos auf Sieg und Niedertracht programmierte Kampfmaschine verwandelte.
Daran, daß es für den Eingriff noch zu früh war, wie Jakoby vorhergesagt hatte, gab es nichts zu rütteln. Das Thermometer hinter dem faustdicken Isolierglas des Durchblicks zum OP-Raum sprach eine Sprache, die keine Einwände zuließ. Die Temperatur lag noch immer zu hoch.
„Wie lange noch?" fragte der Kleine.
Professor Jakoby hob die Schultern.
„Eine Stunde", erwiderte er, „vielleicht auch zwei. Das Kühlaggregat läuft auf vollen Touren. Wir können nur warten."
Der Große warf einen besorgten Blick auf die Uhr.
„Ich hab' gleich gesagt, als ich von der Sache hörte: Warum amorphes Eis? Warum nicht eine Füllung, die keine Umstände macht?"
Der Professor bezwang seine Nervosität. Im Augenblick ging es darum, die Wachsamkeit der beiden Männer einzuschläfern.
„Ich gebe zu", sagte er, „amorphes Eis ist nicht unbedingt die optimale Füllung. Aber es hat zwei Vorteile. Einmal konserviert es die Implantate praktisch bis in alle Ewigkeit – und zum andern läßt es jede gewünschte Formung zu."
Der Große schüttelte den Kopf und ging zur verriegel-

ten Kammer hinüber. Dort legte er ein Auge an das Guckloch.

„Komisch", sagte er. „Sieht er immer so aus? So ... so ... na, eben so?"

Jakoby wahrte die Fassung.

„Natürlich nicht. Im Einsatz nimmt er die jeweils benötigte Erscheinung an. Im Moment ist er Null-Typ."

„Ist er was?"

„Ist er Homat im Wartestand."

Auch der Kleine spähte durch das Guckloch.

„Er hat ein Gesicht wie eine Qualle", verkündete er danach. „Aber sonst sieht er aus wie ein richtiger Mensch. Kann er auch sprechen?"

Angewidert von der Primitivität der Frage, wandte sich Jakoby ab.

„Alle Sprachen der Welt", sagte er. „Auf Dialekte habe ich verzichtet – sonst wäre ich mit dem einen Chip nicht ausgekommen."

Einen Atemzug lang verschaffte es ihm ein Gefühl der Genugtuung, daß er die beiden unheimlichen Männer zwingen konnte zu warten. Ihre Selbstsicherheit begann darunter zu leiden. Das Warten höhlte ihren dreisten Mut aus.

Der alte Herr im weißen Kittel hatte Zeit genug gehabt, um sich ein Urteil über die Eindringlinge zu bilden. Bei aller Gerissenheit waren sie nicht intelligent genug, um mit dem Homaten wirklich etwas anfangen zu können. Bezahlte Helfershelfer, angeheuerte Berufsverbrecher? Wahrscheinlich. Doch wer stand da-

hinter? Wer war der Auftraggeber? Mit dem Eismenschen sollte – alles ließ darauf schließen – ein raffiniertes Verbrechen verübt werden.
Von den beiden Männern war darüber nichts zu erfahren. Einmal freilich, als sie sich wartend vor dem Fernseher lümmelten, war durch eine unbedachte Äußerung der Vorhang, der über dem Geheimnis lag, an einer Stelle fadenscheinig geworden.
In der Nachrichtensendung berichtete Stella-TV über ein soeben aufgedecktes weiteres, bislang unbekanntes Kapitalverbrechen des unlängst hingerichteten Staatsfeindes Friedrich Chemnitzer.
„Die glauben, die sind ihn los!" hatte der Kleine gegrinst.
„Die werden sich wundern!" hatte der Große seinem Kumpanen assistiert. „Klappe zu, Affe tot – die Regel gilt nicht mehr!"
Professor Jakoby war der führende Psychotechniker im Lande. Er zog daraus seine Schlüsse. Und plötzlich graute es ihn vor seiner eigenen Erfindung.
Die Wißbegier der Männer war vorerst befriedigt. Sie traten den Rückweg an, wobei sie den Professor antrieben: „Bewegung, Alterchen! Und immer hübsch in der Nähe bleiben!"
Sie erreichten die Brandschutztür, neben der der *Gladiator* stand.
Jakoby hielt an.
Nun konnte er nur noch hoffen, daß sich die Männer so verhielten, wie er es von ihnen erwartete.

„Verschwinden Sie!" sagte er laut und deutlich. „Ich mache bei der Sache nicht länger mit."
Die beiden Männer blieben stehen. Ein paar Sekunden lang herrschte atemlose Stille. Sie wurde vom Kleinen gebrochen.
„Wie war das?" schnappte er. „Ich glaub, ich hab mich verhört."
Jakoby wußte, daß nur noch Mut ihn retten konnte.
„Raus!" sagte er. „Ich will mit Ihnen nichts zu tun haben."
Vom Gesicht des Kleinen fiel die joviale Maske ab. Sein Blick suchte und fand den des Großen.
„Mach ihm klar", sagte der Kleine, „daß er so nicht mit uns sprechen darf!"
Der Große holte aus ...
Diese Bewegung genügte, um den lauernden *Gladiator* zu aktivieren. Der Kampfroboter sprang den Großen an.
Der große Mann schrie auf, als sich die stählernen Arme von hinten um ihn schlossen. Er versuchte, den Angreifer abzuschütteln, aber darauf war der *Gladiator* programmiert. Er legte einen Arm um die Kehle des Großen. Dieser lief blau an. Er röchelte.
Der Kleine betrachtete den Ringkampf mit einem Ausdruck von Belustigung. Erst als für ihn feststand, daß sein Kumpan den Kampf nicht gewinnen konnte, griff er ein.
Doch statt die Waffe, wie Jakobys Inszenierung es vorsah, auf den *Gladiator* zu richten – was ihm schlecht

bekommen wäre –, richtete er sie auf Professor Jakoby.

„Pfeifen Sie den Blechgorilla zurück, Alterchen!" sagte er.

Und Professor Jakoby gehorchte und machte das indianische Friedenszeichen. Der *Gladiator* wurde schlagartig ruhig und ließ sich anstandslos abschalten. Der Große stand eine Weile lang keuchend da, nachdem die Greifer ihn freigegeben hatten. Dann hob er einen schweren Hammer auf, der zusammen mit anderem Werkzeug auf einer Werkbank lag, und schlug damit dem *Gladiator* den Schädel ein.

Danach wandte er sich dem Professor zu.

„Und jetzt zu Ihnen!"

Der Kleine vertrat ihm den Weg.

„Laß das! Er wird das nicht wieder tun. Nicht wahr, Alterchen?"

Professor Jakobys Kapitulation war diesmal endgültig.

„Bestimmt nicht", sagte Jakoby. „Sie können sich auf mich verlassen."

5.

Die Abteilung *Public Relations* der VEGA war in einem der oberen Stockwerke des Hauptgebäudes untergebracht. Von ihrem Schreibtisch aus konnte Ruth O'Hara, wenn sie den Kopf wendete, jenseits der gläsernen Kuppel der Abfertigungs-Halle den Atlantischen Ozean sehen: mit seinen wilden Schaumkämmen, in denen sich die Lichter der Pistenbeleuchtung auf dem Rampengelände brachen.
Ungeachtet der späten Stunde herrschte auf dem Gelände Betrieb. Schaukelnde Transporter fuhrwerkten unermüdlich über das Gelände. Eine bauchige *Najade* wurde mit Nachschub für die Baustelle unter den Sternen beladen. Ein halbes Dutzend Frachthelikopter huschte zwischen den Lagerhallen und dem Schiff hin und her.
Intersolar war ein Projekt mit der Dringlichkeitsstufe *Eins*. Für die Zulieferindustrien galten der 24-Stunden-Tag und die 7-Tage-Woche – in der Theorie. In der Praxis kam es immer wieder zu unfreiwilligen Produktionsstillständen. Der Energiefluß versickerte oft, bevor er den Abnehmer erreichte.

Ruth fröstelte, als sie zum Visiofon griff und eine Hausnummer ansprach.
Im Büro war es kühl. Von den Sparmaßnahmen blieben auch die Chefetagen nicht verschont.
Junior hockte auf dem Fußboden und war mit Andacht dabei, ein ausrangiertes Diktiergerät in seine Bestandteile zu zerlegen. Ruth hatte den Jungen mit ins Büro nehmen müssen. Der Hort, in dem die Kinder der VEGA-Mitarbeiter den Tag verbrachten, war schon geschlossen gewesen.
John Harris' ältliche Sekretärin meldete sich, Miss Vogelsang.
„Oh, Sie sind's, Ruth!"
Ruth schickte ein Begrüßungslächeln zu Miss Vogelsang hinüber.
„Ist er zu sprechen?"
„Er ist gar nicht da. Die Konferenz dauert länger, als vorgesehen, hat er ausrichten lassen. Kann ich etwas für Sie tun?"
„Wohl kaum, Klara. Trotzdem vielen Dank."
Ruth schaltete ab.
Harris befand sich noch immer in Las Lunas, der schillernden Mondmetropole. Die gemeinsame Energiekonferenz der beiden Weltmächte EAAU und VOR fand auf neutralem Boden statt. Und der einarmige Direktor der Vega vertrat auf dieser Konferenz die Belange der Raumfahrt.
Ruth runzelte die Stirn.
Der Umschlag lag vor ihr auf dem Schreibtisch. Ein

paar Staubkörner waren herausgerieselt und hatten sich über die blanke Mahagoniplatte verteilt. Ihr Silberglanz entlud sich in kleinen zuckenden Blitzen.
Warum hatte Professor Jakoby ihr den Umschlag zugesteckt?
Ruth beschloß, ihn selbst danach zu fragen.
Die Auskunft gab ihr die Nummer.
Im Visiofon leuchtete das Kontaktsignal auf, aber der Bildschirm selbst blieb dunkel.
Der alte Herr meldete sich nicht.
Hatte sein Blick beim Abschied eine Botschaft enthalten?
Ruth nahm eine Lupe zur Hand, feuchtete einen Finger an und stippte damit ein Staubkorn auf.
In der Vergrößerung konnte man erkennen, daß man es mit einem winzigen Kristall zu tun hatte.
Das war aber auch alles.
Brandis hätte vielleicht gewußt, was es mit diesem Pulver auf sich hatte – aber als sie den Umschlag in ihrer Tasche entdeckte, war der *Rapido*-Kreuzer schon auf dem langen Weg zu den Sternen gewesen.
Wahrscheinlich war der Umschlag überhaupt für Brandis bestimmt gewesen – nur hatte der Professor keine Gelegenheit gefunden, ihn dem Commander selbst zu überreichen.
Ruth starrte den Kristall auf ihrer Fingerkuppe an.
Zwei Fragen beschäftigten sie.
Die erste lautete: Was stand als Grund hinter der Heimlichtuerei des alten Herrn?

Und die zweite hieß: Sollte sie den Umschlag, wie er war, bis zu Brandis' Rückkehr verwahren?
Harris, der ihr hätte raten können, ebenso väterlicher Freund wie Chef, war nicht zu erreichen.
Verdammt, sagte sich Ruth.
Erneut griff sie zum Visiofon. Es meldete sich die Technische Abteilung – mit einem ihr unbekannten Gesicht.
„Ja?"
„Ich versuche Sven Runeberg zu erreichen", sagte Ruth. „Das ist doch seine Nummer?"
„Das isse", wurde ihr beschieden. „Nur, er ist nicht am Platz."
„Dann holen Sie ihn bitte", sagte Ruth.
„Schlecht", meinte der Typ in der Technischen Abteilung. „Sven ist dabei, den Bordcomputer der *Najade* zu checken. Die soll noch vor Mitternacht raus."
Ruth wog die Gewichte gegeneinander ab: Eine geringfügige Arbeitsverzögerung gegen – ja, gegen was? Gegen ein paar Staubkörnchen?
Der blonde Schwede war mit Abstand der fähigste Elektroniker im Haus. Berühmte Universitäten hatten ihm wiederholt hochdotierte Lehrämter angeboten – offensichtlich, ohne ihn damit reizen zu können. Runeberg zog es vor, Chefmonteur bei der VEGA zu bleiben.
Ruth entschied sich.
„Sagen Sie Runeberg, ich brauche ihn in meinem Büro."

„Jetzt gleich?"
„Sofort."
Ruth schaltete ab, stand auf und kauerte sich neben Mark Junior auf den Teppich.
Brandis und sie waren sich einig gewesen: Bei dem Leben, das sie führten, wäre es unverantwortlich gewesen, Kinder in die Welt zu setzen.
Das Leben selbst hatte sich nicht um ihren Vorsatz gekümmert; es hatte ihnen dieses fremde Kind praktisch in die Arme gelegt.
Junior drosch mit einem Briefbeschwerer auf das Diktafon ein und verkündete mit Wohlbehagen:
„Putt!"
Als Runeberg eintrat, sprang Ruth auf.
Der Schwede blickte fragend.
„Wo brennt's, Ruth?"
Ruth fühlte sich von Zweifeln gepeinigt.
„Ich weiß nicht einmal, ob es überhaupt brennt, Sven", erwiderte sie aufrichtig. „Aber falls es brennt, möchte ich es gern erfahren."
„Ich bin verdammt in Eile, Ruth."
„Ist mir schon unter die Nase gerieben worden."
Sie reichte dem Schweden den Umschlag.
„Was ist das?" fragte er.
„Sehen Sie selbst nach!" antwortete sie. „Aber Vorsicht!"
Runeberg schüttete sich von dem Pulver etwas in die hohle Hand. Bevor er es betrachtete, roch er daran.
„Wofür halten Sie das?" fragte Ruth.

Runeberg wiegte den Kopf.
„Staub. Aber kein gewöhnlicher." Er rieb das Pulver zwischen den Fingerspitzen. „Kristalliner Staub. Wie sind Sie daran gekommen?"
„Der Umschlag wurde mir zugesteckt", sagte Ruth.
Runebergs Miene verriet, daß ihn die Auskunft nicht befriedigte.
„Ich nehme an, der Umschlag war für meinen Mann bestimmt, für Commander Brandis. Ich fürchte, es ist wichtig."
Runeberg schüttelte den Staub behutsam zurück in das Papier.
„Ein Schuß ins Blaue, Ruth", sagte er. „Info-Kristalle."
„Was ist das?"
„Informativer Staub. Er findet in der Biotechnik Verwendung. Winzige Kristalle als informative Tonträger. Sprachelemente für bestimmte Computer."
Ruth überlegte. Falls Runeberg mit seiner Vermutung recht hatte, mochte es sein, daß der Umschlag eine wichtige Botschaft für Brandis enthielt.
„Schön", sagte Ruth. „Und wie ruft man die Information ab?"
„Das wäre das Problem, Ruth. Wir arbeiten mit dem Zeug nicht. Man bräuchte spezielle Apparaturen."
Ruth sah den Schweden abwartend an.
„Herrgott", sagte Runeberg, „wir können's probieren mit einem von den Stuntmen. Das sind die Puppen, die wir bei den Crashversuchen verwenden."

Ruth war im Bilde. Was Runeberg als Stuntmen bezeichnete, waren spezielle feuerfeste Roboter, deren Aufgabe darin bestand, bei einer künstlich herbeigeführten Raumschiffskatastrophe bis zuletzt ihre Wahrnehmungen zu speichern.
Der gequälte Gesichtsausdruck des Schweden gab zu verstehen, wie sehr ihm jeglicher Pfusch zuwider war.
„Ruth, die Wiedergabe wird keine Freude sein. Unsere Blechkameraden arbeiten mit Kompaktkristallen. Selbst wenn ich's irgendwie hinkriegte ..."
Ruth nickte.
„Sven, bringen Sie mir den Staub zum Reden. Es könnte wichtig sein."
Runeberg war schon auf dem Weg zur Tür.
„Ich will sehen, ob ich so einen Blechkameraden auftreibe. Warten Sie!"
Junior war nach wie vor beschäftigt. Wo er hockte, war der Teppich übersät mit elektronischen Bauteilen.
Ruth stellte sich ans Fenster. Körniger Schnee prasselte gegen die Scheiben. Die erleuchtete *Najade* hatte sich verwandelt in einen glimmenden Schemen hinter einem trüben Schleier. Metropolis ging einem schlimmen Winter entgegen.
Welche Nachricht war im Staub verborgen?
Ruth war beunruhigt.
Als sie das Blim-Blim des Fahrstuhls draußen im Gang vernahm, drehte sie sich um. Runeberg zwängte sich, eine monströse Gliederpuppe im Arm, durch die Tür.

„Ein fünfundachtziger Modell!" stöhnte er. „Was Moderneres war nicht auf Lager."
Ruth half ihm, die aus Metall und Kunststoff bestehende grobe Nachbildung eines Piloten abzusetzen. Runeberg entriegelte den Computer und zog das Magazin aus dem Schacht.
„Ein Experiment", sagte er, „ohne Garantie." Dabei klappte er das Magazin auf. Es war leer. Er runzelte nachdenklich die Stirn. „Was ich jetzt bräuchte, wäre ein Fettstift."
„Habe ich nicht", sagte Ruth.
„Dann ein Lippenstift."
Ruth griff in die Handtasche.
Mit dem Lippenstift setzte der Schwede einen roten Punkt auf die Innenseite des Magazins. Dann streckte er die Hand aus. Ruth wollte ihm den Inhalt des Umschlages auf die Handfläche schütten. Er wehrte ab.
„Um Himmels willen, nicht alles! Zwei, drei Kristalle – das ist genug."
Mit spitzen Fingern drückte er geschickt ein paar Staubkörnchen auf den roten Punkt.
„Entweder das funktioniert, oder ich passe."
Er schob das Magazin wieder in den Computer und schaltete den Roboter ein.
Nichts geschah.
Ruth biß sich auf die Lippen.
Runeberg schüttelte den Kopf.
„Ich bin ein Idiot!" sagte er. „Natürlich sagt er so nicht Piep und nicht Papp, wenn ich die Hälfte vergesse."

Er drückte auch die Wiedergabe-Taste, und der Blechkamerad machte krächzend den Mund auf.
„Sprechprobe. Eins, zwei, drei ..."
Der Klang war miserabel. Die Stimme schepperte. Sie legte Pausen ein, als hätte sie Mühe, die Information umzusetzen in Sprache.
„... vier, fünf, sechs, sieben ..."
Runeberg nickte.
„Sehen Sie zu, daß Sie mit ihm klar kommen, Ruth. Ich muß mich um die *Najade* kümmern."
Der Schwede stürzte davon.
Der Stuntman hatte den Faden verloren. Eine Weile lang brabbelte er immer wieder die gleiche Litanei: „SOS! Hier spricht Professor Jakoby! ... SOS! Hier spricht Professor Jakoby! ... SOS ..."
Dann begann er auf einmal zu fiepen und machte sich daran, auch die übrigen Informationssplitter auszuspucken:
„Ich bin – fiep – in der Gewalt von – fiep – zwei unbekannten Männern fiep fiep – soll den Homaten mit einem mitgebrachten Programm versehen – fiep – und – fiep fiep – mittels eines mir unbekannten Zellgewebes – fiep – motivieren fiep fiep fiep habe Gründe anzunehmen – fiep – daß es sich bei diesem Implantat – fiep – um Überreste des hingerichteten – fiep fiep – Staatsverbrechers Friedrich Chemnitzer – fiep – handelt fiep fiep – fiep fiep ..."
Ruth erstarrte, während sie die Informationssplitter zu einem einheitlichen Bild zusammensetzte. Schritt

für Schritt tastete sie sich an die ungeheuerliche Erkenntnis heran, daß sie es zu tun hatte mit einem Beweisstück für ein abscheuliches Verbrechen. Professor Jakoby hatte vorhin die Unwahrheit gesprochen. Der Homat, den er zerstört zu haben behauptete, existierte: eine kriminelle Bombe. Und nun wurde der Erfinder und Konstrukteur gezwungen, das Monstrum mit einem ihm unbekannten Programm zu versehen und mit einem ihm unbekannten Willen zu motivieren.
Der Blechkamerad gab ein hohles Scheppern von sich, dann nahm er den Informationsfaden noch einmal auf:
„Man zwingt mich – fiep – den Eismenschen auf die Welt loszulassen – fiep – ich kann mich – fiep fiep fiep – nicht weigern ..."
Der Roboter stieß einen Seufzer der Überanstrengung aus und begann zu rauchen. Noch ehe Ruth ihn ausschalten konnte, war der Kunstkopf mit dem Computer ausgeglüht.
Sie bückte sich.
„Komm, Junior. Wir müssen uns beeilen."
Auf der Schwelle machte sie noch einmal kehrt, um den Umschlag einzustecken.
Die *Libelle* stand auf dem Parkdeck. Ruth flog einen Umweg. Sie brachte Mark junior nach nach Hause und steckte ihn ungeachtet seines Protestgeschreis ins Bett. Den Umschlag verwahrte sie im Schrank.

6.

Dem alten Herrn ging es wie einem, der zu viel getrunken hat. Ihm brummte der Schädel. Er fror und ihm war übel. Blinzelnd schlug er die Augen auf, aber sein Erwachen und das Begreifen gingen nicht Hand in Hand.
Jakoby lag auf dem Fußboden. Die weißen Fliesen kamen ihm bekannt vor. Es war der Fußboden seines Operationsraumes.
Ächzend stemmte er sich hoch. Als er schließlich stand, wurde ihm schwindelig. Die Übelkeit vertrieb die Überreste der Ohnmacht. Der Geruch, der in der frostigen Luft lag, dieser charakteristische Gestank nach versiegeltem Kunststoff, bekam Jakoby nicht. Der gleiche widerwärtige Geruch ging auch vom isolierten Operationsanzug aus, den er noch immer trug.
Die Tür stand sperrangelweit auf. Die Temperatur im Raum war fast wieder zur Nullmarke angestiegen.
Professor Jakoby betrachtete den Operationstisch. Darauf lagen Instrumente, denen man ansah, daß sie

vor kurzem erst benutzt worden waren, daneben ein leeres Reagenzröhrchen.
Der alte Herr rieb sich die schmerzenden Schläfen. Was hatte das alles zu bedeuten? ... Es sah aus, als hätte er operiert. Aber wen, was, warum? Jakoby betrachtete das leere Reagenzglas. Es hatte etwas zu tun mit dem Homaten. Da waren die beiden unheimlichen Männer gewesen. Ja – und sie hatten das Reagenzglas mitgebracht – mit seinem namenlosen Inhalt.
„Sie werden heute Ihren kalten Bruder programmieren, Weißkittel!" hatte der Große gesagt.
Und Jakoby hatte im Ernst daran geglaubt, sie einschüchtern zu können, indem er sie belehrte:
„Ich glaube, Sie verkennen meine Erfindung. Der Homat ist kein gewöhnlicher Roboter. Er ist ein Kunstmensch auf teilmechanischer Basis. Um ihn in Betrieb zu nehmen, muß man ihn mit einem persönlichen Willen ausstatten. Anders gesprochen: Wenn man seine Aufgabe kennt, muß man ihm hierzu die entsprechende Motivation implantieren."
Der Kleine hatte das Reagenzglas Professor Jakoby wie einen Pistolenlauf gegen die Stirn gedrückt.
„Das ist es ja, was wir von Ihnen erwarten – daß Sie Ihr Retortenbaby motivieren, Alterchen."
Es war also geschehen. Er, Professor Arthur Jakoby, hatte den Eingriff vorgenommen.
O Gott im Himmel!
Der alte Herr sah sich um.

Von den beiden Männern war nichts zu sehen und nichts zu hören. Waren sie fort?
Jakoby entsann sich plötzlich.
Eine Spritze.
Als alles vorüber war, hatte er in der Hand des Kleinen plötzlich die blanke Nadel gesehen. Und der Große hatte ihn festgehalten.
Jakoby ging mit sich ins Gericht. Im Grunde war er an dem, was sich zugetragen hatte, mitschuldig. Als er die gefährliche Veranlagung des Homaten erkannte, hätte er ihn sofort zerstören müssen. Aber stattdessen hatte er den Brandsatz wieder zurückgestellt ins Labor und die Entscheidung hinausgezögert, von einem Tag auf den anderen.
Der Homat war sein Lebenswerk.
Zu sehr hatte er daran gehangen.
Und wenn er das Versäumte nachholte?
Zunächst mußte er sich des hinderlichen Operationsanzuges entledigen. Die Anstrengung trieb dem alten Herrn schwarze Nebel vor die Augen. Der Verschluß klemmte und gab endlich nach. Professor Jakoby ließ den Anzug auf den Boden fallen. Dann trat er hinaus in den Gang. Allmählich wurde sein Schritt sicherer.
Was ihn trieb, war eine vage Hoffnung – die Hoffnung, der Homat möge das Haus noch nicht verlassen haben. Gleich in welcher Gestalt er das auch tun würde, ob als Mann oder als Frau – die Formung der äußeren Erscheinung beanspruchte Zeit. Das Programm, das in dem Computer ablief, der ihm das Gehirn ersetzte,

war von methodischer Präzision, wenn es darum ging, menschliche Züge zu zeigen.

Im Labor – stellte Jakoby fest – war nichts angerührt. Der kleine Brandsatz lag im Safe. Jakoby nahm ihn heraus. Die kleine Bombe war von Anfang an seine Rückversicherung gewesen – für den Fall, daß ihm die Arbeit außer Kontrolle geriet. Auch der robusteste Homat widerstand ihr nicht. Beim Aufschlag entwickelte sie in einem handtellergroßen Radius eine Höllenglut. Jakoby steckte sie sich in die Tasche seines Kittels.

Und dort hatte er auch seine Hand, als er mit der Linken die entriegelte Tür der Homaten-Kammer vollends aufzog. Seine Hoffnung zerplatzte wie eine Seifenblase. Der Homat war fort.

Und nur das verwaist zurückgebliebene Arsenal seiner vorübergehenden Konservierung zeugte von seiner Existenz.

Auf der Pritsche, achtlos hingeworfen, lag der graue Drillichanzug, den er zuletzt getragen hatte. Wogegen hatte der Eismensch ihn eingetauscht?

Jakoby lehnte sich mutlos gegen den Türrahmen.

Natürlich war der Homat nicht in die Kammer zurückgekehrt. Was sollte er dort noch? Der operative Eingriff hatte ihn aktiviert. Zur planlosen Energie waren Wille und Absicht hinzugekommen – Elemente mit stark individuellen Spuren.

Wie empfand der Homat sich selbst?

Sogar Professor Jakoby wußte nicht zu sagen, was wirklich in einem solchen Computerhirn vorging, so-

bald man es motivierte. Wo hörte die seelenlose Elektronik auf, wo begann echtes Bewußtsein?
Der alte Herr nahm sich zusammen.
Es war höchste Zeit, die Behörden zu verständigen – doch bevor er das tat, mußte er sich davon überzeugen, daß die beiden Männer nicht doch noch irgendwo lauerten.
Jakoby sorgte sich umsonst.
Das Haus war leer.
Im Schlafzimmer reichte das aufgewühlte Erdreich fast bis an die Decke, doch dort, wo der *Maulwurf* gesteckt hatte, gähnte nur noch ein riesiges schwarzes Rattenloch.
Es bestand keine Gefahr mehr.
Nun lag es an den Behörden, den Homaten einzufangen und wieder einzuliefern, bevor er Unheil anrichten konnte. Oder ihn kurzerhand zur Strecke zu bringen. Man mußte ihnen klarmachen, daß sie sich durch sein menschengleiches Aussehen nicht beirren lassen durften. Der Homat war kein Mensch, sondern sah nur so aus. Er war eine raffinierte denkende Maschine.
Jakoby verspürte Durst. Das Bad war gleich nebenan. Vor der Schwelle machte er plötzlich Kehrt. Der Anruf ging vor. Als er die Tür zu seinem Arbeitszimmer öffnete, war er darauf gefaßt, Chaos und Verwüstung vorzufinden. Aber die beiden Männer waren nicht auf Raub und Diebstahl ausgewesen. Nichts war aufgebrochen, nichts beschädigt.

Jakoby setzte sich vor das Visiofon, schaltete es ein und wählte den Notruf.

Es war nicht anders als Stunden zuvor im Labor. Die Männer hatten ganze Arbeit geleistet. Das Gerät nahm den Impuls nicht an. Die Verbindung kam nicht zustande.

Ein paar Sekunden lang verharrte der alte Herr in regloser Apathie.

Schließlich raffte er sich auf.

Nun gut, dann würde er eben in den Betrieb fahren, um von dort aus Alarm zu schlagen.

Die Flughäfen mußten abgeriegelt werden, die Häfen, alle Hotels und Absteigen unter die Lupe genommen werden. Bei intensiver Fahndung müßte es möglich sein, den Eismenschen aufzuspüren – selbst dann, wenn er sich tarnte. „Sie werden ihn daran erkennen", bereitete Professor Jakoby im stillen seine Aussage vor, „daß er über eine negative Körpertemperatur verfügt ..."

Was war mit dem Wagen? Hatten die Männer ihn gleichfalls unbrauchbar gemacht? Schön, dann würde er eben laufen.

Professor Jakoby war bei der Treppe angelangt, die hinabführte in die Halle, wo sich bei seinem Erscheinen der schlurfende Türsteher träge in Bewegung setzte, als –

Hinter Professor Jakoby öffnete sich plötzlich die Tür des Badezimmers, und eine Stimme, die er irgendwann, irgendwo schon einmal gehört hatte – und das

in keinem erfreulichen Zusammenhang, erkundigte sich mit höflicher Bestimmtheit:
„Wohin so eilig, Professor? Suchen Sie vielleicht mich?"
Jakoby fuhr herum.
Im ersten Augenblick ließ er sich bluffen. Er erstarrte. Derjenige, der, umschwebt vom Duft von Jakobys Rasierwasser, aus dem Bad hinaustrat in die Diele, war seit mehr als zwei Monaten tot.
Im kalten Lampenlicht des Treppenhauses wirkte er auf eine gespenstische Art lebendig. Und nur wenn man mit dem geschulten Auge des Konstrukteurs die programmierte Rhythmik seiner Bewegungen entdeckte, konnte man auf den Mechanismus schließen, der an Stelle eines menschlichen Knochenskeletts in seinem Inneren steckte.
Er mußte sich selbst geformt haben. Die Ähnlichkeit mit dem hingerichteten Staatsverbrecher war beklemmend. Aussehen, Haltung, Gestik – alles stimmte. Sogar die Stimme glich der des Toten.
„Wirklich, Professor, Ihr Rasierwasser läßt zu wünschen übrig. Um nicht zu sagen – es ist miserabel. Ich bezog meins zuletzt von einem wahren Künstler, nach eigenem Rezept."
Er plauderte ungeniert aus der Schule – ganz so, als ob er derjenige, der zu sein er täuschend vorgab, in Wirklichkeit auch wäre. Oder war er das wirklich?
Das Experiment hatte sich verselbständigt; es hatte die Fesseln der wissenschaftlichen Überwachung ab-

geworfen. Der Homat benahm sich nicht nur so, als wäre er ein Mensch aus Fleisch und Blut. Er fühlte sich sogar so.
Jakoby spürte kaltes Entsetzen.
Seine rechte Hand fuhr in die Tasche und schloß sich um den darin befindlichen Brandsatz.
Und dann öffnete sie sich wieder.
Sollte es nicht doch noch möglich sein, die verlorene Kontrolle zurückzugewinnen? Es wäre einen Versuch wert. Die Wissenschaft wußte wenig über diese Computerphänomene. Das Päckchen in der Tasche mochte warten. Die Zerstörung wäre unwiderruflich. Bevor man als Wissenschaftler einen solchen Schritt unternahm, sollte man das Für und Wider gegeneinander abwägen. Der Eismensch war gesprächig. Bei geschickter Gesprächsführung mochte man zu Einblikken in biotechnische Zusammenhänge gelangen, von denen man bislang nur träumen konnte.
Was war geschickter? Die Schmeichelei? Die Herausforderung?
Jakoby beschloß, sein Glück mit der Herausforderung zu versuchen.
„Nicht das Rasierwasser macht den Mann", sagte er. „Mir kannst du nichts vormachen. Anderen vielleicht ja – mir nicht. Du bist nicht Friedrich Chemnitzer."
„Nicht?" Der Homat setzte eine amüsierte Miene auf. „Wer bin ich dann?"
Professor Jakoby hielt nicht hinterm Berg.
„Nicht *wer* du bist, sollte hier die Frage sein, sondern

vielmehr *was* du bist. Ich will's dir sagen. Du bist ein ganz gewöhnlicher Homat."
„Ein was?"
„Ein Homat. Ein Eismensch. Du bist ein Roboter in Menschengestalt. Ich selbst habe dich geschaffen. Und wie ich jetzt gerade bemerken muß – nicht einmal zu meiner vollen Zufriedenheit. Du strahlst Kälte aus. Das sollte nicht sein. Es muß an dieser Kunsthaut liegen – sie isoliert zu wenig."
Aus irgend einem Grund machte diese Eröffnung dem imitierten Colonel Friedrich Chemnitzer nichts aus. Er nahm sie zur Kenntnis, ohne sich beeindrucken zu lassen.
„Haben Sie noch mehr auf dem Herzen, Professor?"
Der alte Herr mußte erkennen, daß er sich auf die Straße des Verlierers begeben hatte. Es mochte ein Fehler sein, sich mit dem Monstrum überhaupt in ein Gespräch eingelassen zu haben.
Noch einmal nahm er Zuflucht zu einem Argument der Vernunft.
„Bleib hier!" sagte er. „In diesem Haus bist du gut aufgehoben. Wie weit würdest du draußen wohl kommen? Der erstbeste Polizist wird dich aufgreifen."
Der Homat lachte.
„Nicht doch, Professor. Sie wissen es doch besser. Man wird mich nicht erkennen. Ich bin doch ein Homat – und das ist mein Vorteil. Ein Vorteil, den ich ausnützen werde. Ein Homat ist formbar. Sie selbst haben dafür gesorgt."

Man konnte ihn nicht übertölpeln. Er wußte über sich Bescheid. Er war eine Intelligenzbestie, die Summe einer zwölfköpfigen Erfahrung.
Jakobys Hand schloß sich erneut um den Brandsatz in der Tasche.
„Trotzdem. Du hast nicht den geringsten Grund fortzugehen."
Der Homat bekam haßerfüllte Augen.
„Keinen Grund, sagen Sie? Ich bin Friedrich Chemnitzer. Ich wurde gehängt. Und das bedeutet, daß ich zwei gewichtige Gründe habe, um in Ihrem verdammten Haus nicht zu versauern, Professor. Der erste heißt Joffrey Hastings und ist Präsident der EAAU. Ich werde ihn umbringen. Und mein zweiter Grund ist ein neunmalkluger Commander unter den Sternen und hört auf den Namen Mark Brandis. Er wird mein Werkzeug sein – mit allen unangenehmen Folgen für seine Person."
Professor Jakoby nahm seinen Mut zusammen.
„Nein!" sagte er bestimmt. „So weit lasse ich es nicht kommen, Homat."
Doch als er die Hand aus der Tasche riß, verspürte er einen Anhauch von eisiger Kälte.

7.

Der Helikopter verharrte knapp über dem verschneiten Erdboden. Der Scheinwerfer bohrte sich in das Schneegestöber und begegnete dort den blauen Reflexen, die von der rotierenden Alarmleuchte eines Blitztransporters der Gendarmerie herrührten. Der Scheinwerferstrahl wanderte weiter und erleuchtete eine geparkte *Hornisse* mit amtlichem Kennzeichen. Die Beamten waren schon zur Stelle. Und die Sache, falls sie sich nicht als blinder Alarm herausgestellt hatte, war damit unter Kontrolle. Ruth atmete auf.
Die *Libelle* berührte den Grund, und sein pfeifendes Fauchen verstummte. Ruth stieg aus.
Der Schein einer Handlampe stach ihr brutal ins Gesicht. Undeutlich erkannte sie hinter der Lampe die Gestalt eines uniformierten Beamten.
„Wo wollen Sie hin?"
Ruth überhörte den barschen Ton.
„Ich habe die Polizei verständigt", antwortete sie.
„Wie geht es dem Professor?"
Der Gendarm waltete seines Amtes.

„Sie sind mit dem Helikopter gekommen. Sind Sie im Besitz einer Sondergenehmigung?"
Natürlich besaß Ruth diese Sondergenehmigung, ohne die ihre *Libelle* hätte im Stall bleiben müssen. Das Dokument war in der Maschine geblieben – und sie hatte es eilig.
„Hören Sie", sagte Ruth, ebenso höflich wie bestimmt, „ich bestehe darauf, zu Professor Jakoby vorgelassen zu werden. Und zwar auf der Stelle."
Sie mußte feststellen, daß es manchmal leichter ist, sich mit einem Roboter zu einigen als mit einem uniformierten Beamten.
„Ich fragte nach der Sondergenehmigung."
Ruth klammerte sich an ihren Glauben an den gesunden Menschenverstand.
„Hat das nicht Zeit bis später? Ich –"
„Was ist los, Wachtmeister?" Ein Beamter in Zivil war aufgetaucht, offenbar ein höherer Vorgesetzter. „Kann ich helfen?"
Der Gendarm ließ die Handlampe sinken.
„Eine Frau, Sir, plötzlich gelandet. Ich war dabei, die Sondergenehmigung für den Helikopter zu überprüfen, Sir."
„Lassen Sie das!" Der Beamte in Zivil kam näher. „Ich bin Captain Goldmund, Mrs. O'Hara. Waren Sie schon im Haus?"
„Ich wurde nicht durchgelassen."
„Die Sache ist in Ordnung."
Captain Goldmund stapfte neben ihr her durch den

knöcheltiefen Schnee – den flimmernden Lichtern entgegen, die zumindest Schutz vor dem schneidenden Wind versprachen.
„Wie gut kannten Sie ihn, Mrs. O'Hara?"
„Ich hatte ihn am Nachmittag erst kennengelernt."
„Und warum hatten Sie Anlaß, um ihn besorgt zu sein – so besorgt, daß Sie die Polizei verständigten?"
„Das ist eine lange Geschichte, Captain."
„Professor Jakoby war ein kranker Mann, Mrs. O'Hara. Ich nehme an, daß Sie das nicht wußten. Als das Blitzkommando eintraf, war er schon tot. Herzschlag. Der Polizeiarzt ist schon fort, sonst hätte er Ihnen das persönlich gesagt."
Ruth fühlte sich wie vor den Kopf geschlagen. Ihr Anruf hatte das Verhängnis nicht mehr aufhalten können. Der alte Herr war nicht mehr am Leben.
In der Halle brannten alle Lichter. Die Beamten der Spurensicherung waren am Einpacken. Der schlurfende *Butler* mußte ihnen im Wege gewesen sein. Nun hing Professor Jakobys verdrießlicher Türsteher zappelnd und brabbelnd an einem Garderobenhaken.
„Man hat ihn oben gefunden, Mrs. O'Hara, gleich neben der Treppe."
„Darf ich mich umsehen?"
„Mrs. O'Hara, das ist eine klare Sache. Aber ich will Sie nicht hindern."
„Sie sind sehr entgegenkommend, Captain."
„Ich fühle mich nur verpflichtet, Sie zu beruhigen. Ich weiß zwar immer noch nicht, was Sie veranlaßt hat,

Alarm zu schlagen – aber Sie können mir glauben, der alte Herr stand – sagen wir – am Anfang von geistiger Umnachtung. Im Jahr 88 hat er sich auf eigenen Wunsch vorübergehend in einem Sanatorium aufgehalten – mit allen Anzeichen des Verfolgungswahns."
Captain Goldmund wiegte bedauernd den Kopf und überließ Ruth sich selbst.
Für die Beamten stand das Untersuchungsergebnis fest. Ruth fühlte sich von Zweifeln geplagt. War sie auf das Hirngespinst eines Mannes hereingefallen, der im medizinischen Sinne gelegentlich nicht zurechnungsfähig war?
Ruth sah sich in den Räumen um. Im Bad hing ein süßlicher Geruch – wie nach einem Parfüm oder Rasierwasser. Das Bett im Schlafzimmer war gemacht. Eine Lakenecke war grau verschmutzt – ganz so, als ob Professor Jakoby gelegentlich Siesta gehalten hatte, ohne die Schuhe auszuziehen. Im Arbeitszimmer herrschte penible Ordnung.
Die zwei Männer, von denen der Staub berichtete, hatten, falls es sie wirklich je gegeben hatte, keine Spuren hinterlassen.
Unten vielleicht?
Captain Goldmund unterhielt sich mit ein paar uniformierten Kollegen in der Halle. Er warf Ruth, als sie vorbeikam, einen halb fragenden, halb amüsierten Blick zu.
„Sie werden nichts finden, Mrs. O'Hara."
„Ich werde Sie nicht lange aufhalten, Captain."

Auch in den Werkstätten, stellte Ruth bei ihrem flüchtigen Durchgang fest, war alles sauber und aufgeräumt. Lediglich ein Roboter vom Typ *Gladiator* paßte mit seinem zertrümmerten Schädel nicht ganz ins Bild. Ein Reparaturstück? Wahrscheinlich.
Ruth warf einen Blick in den Operationsraum. Ein junger Polizist, der dort heimlicherweise eine Zigarette rauchte, bekam einen roten Kopf.
„Kann ich Ihnen helfen?"
Ruth schüttelte den Kopf.
Was sie tat, brachte sie nicht weiter. Sie war kein Detektiv. Und bisher sprach nichts dagegen, daß Captain Goldmund recht hatte.
Andererseits – der Staub! Konnte wirklich alles aus der Luft gegriffen sein? Die Beamten mochten ihre eigene Meinung haben – aber der Staub enthielt die Wahrheit. Lagen etwa noch weitere Informationen in ihm verborgen?
Ruth kehrte in die Halle zurück und sprach einen der Beamten von der Spurensicherung an.
„Hören Sie – in diesem Hause haben wissenschaftliche Experimente stattgefunden. Unter anderem hat Professor Jakoby hier an einem Homaten gearbeitet."
Der Beamte gab sich keine Mühe, höflich zu erscheinen.
„Woran?"
„Sie wissen nicht, was ein Homat ist?"
„Vielleicht wissen Sie's?"
„Ich rede von einem Homo Automaticus, von einem

Kunstmenschen auf Roboterbasis. In diesem speziellen Fall haben wir es mit einem Eismenschen zu tun."
Ruth entging nicht, daß Captain Goldmund und seine Kollegen vielsagende Blicke tauschten. Machte sie sich lächerlich? Hielt man sie für eine übergeschnappte Person? Auch der Beamte von der Spurensicherung machte das entsprechende Gesicht: halb belustigt, halb verärgert.
„Und nun werden Sie mir gleich erzählen, Gnädigste, daß der Eismensch seine Verabredung mit Ihnen nicht eingehalten hat."
Ruth beherrschte sich gerade noch, bevor ihr der Kragen platzte.
„Schön, mal anders", sagte sie. „Auf jeden Fall wissen Sie, wer Friedrich Chemnitzer gewesen ist."
Das Reizwort tat seine Wirkung. Dem Beamten verging das Spotten. Die Erwähnung des hingerichteten Staatsverbrechers rief sein Berufsinteresse wach.
„Noch sehe ich den Zusammenhang nicht", erwiderte er vorsichtig. „Aber ich höre."
Es galt, ihn zu überzeugen, ohne daß noch weiter kostbare Zeit verstrich.
„Der Sachverhalt ist folgender, Lieutenant: Vor wenigen Stunden ist Professor Jakoby von zwei unbekannten Männern in diesem Haus gezwungen worden, noch vorhandenes Zellgewebe von Friedrich Chemnitzer in das Elektronenhirn seines Homaten einzupflanzen. Verstehen Sie, was das bedeutet?"
Der Beamte blickte fragend.

„Also, worauf wollen Sie hinaus?"
Ruth hielt mit ihrer Überzeugung nicht mehr hinter dem Berg:
„Darauf, daß Professor Jakoby ermordet wurde", sagte sie. „Und daß der Eismensch sich auf freiem Fuß befindet – mit unbekanntem Auftrag."
Der Auftrag!
Ruth stellte plötzlich fest, daß sie bisher weder Zeit noch Gelegenheit gehabt hatte, sich über den Auftrag Gedanken zu machen. Wahrscheinlich war es auch müßig. Die Möglichkeiten, einen Computer zu programmieren, gingen ins Astronomische. Aber da war die Sache mit der Motivation.
Was diesen Roboter voranzwang, war Chemnitzers haßerfüllter Wille.
Was konnte Chemnitzer noch wollen?
Ruth unterdrückte ihren Aufschrei.
Falls der Eismensch nur annähernd das war, was sie unter einem Homaten verstand, war Brandis' Leben in höchster Gefahr. Die Medien der EAAU hatten ihn groß herausgestellt: als den Mann, der den falschen Gouverneur der Venus entlarvte, der Chemnitzer zur Strecke brachte.
Und nun war Chemnitzers böser Geist unterwegs.
Wohin?
Wozu?
Auf jeden Fall würde er alles daran setzen, seine Niederlage zu rächen.
Der Lieutenant war plötzlich ganz bei der Sache.

„Jetzt hat es bei mir Klick gemacht", sagte er. „Sie sind Mrs. O'Hara von der VEGA. Ich war zufällig anwesend, als Ihr Anruf einging. Sie sagten allerdings nur, wir müßten uns beeilen. Was wissen Sie wirklich?"
Ruth seufzte.
„Eigentlich nur das, was ich Ihnen soeben gesagt habe. Professor Jakoby fand zwei Eindringlinge in seinem Haus vor. Sie hatten menschliches Zellgewebe mitgebracht. Sie zwangen den alten Herrn, den Homaten, an dem er gerade arbeitete, damit zu motivieren."
„Wie kommen Sie darauf?"
„Ich bekam eine Nachricht."
„Wie?"
„Heute nachmittag. Mein Mann, Commander Brandis – er leitet zur Zeit das Projekt *Intersolar* – suchte den Professor auf, um ein technisches Detail zu klären. Ich begleitete ihn. Der alte Herr wirkte nervös. Ich gewann den Eindruck, er wolle uns loswerden. In letzter Sekunde muß er mir dann den Umschlag zugesteckt haben."
„Umschlag?"
„Ein Umschlag mit besprochenem kristallinem Staub. Es gelang mir, die Information abzurufen."
Der Beamte streckte die leere Hand aus.
„Geben Sie mir den Umschlag, Mrs. O'Hara!"
Ruth schüttelte den Kopf.
„Ich ließ ihn zu Hause. Er schien mir zu wichtig als Beweismittel. Helikopter sind unzuverlässige Verkehrsmittel."

Der Beamte knöpfte die Jacke zu.
„Schön. Dann holen wir ihn."
„Bemühen Sie sich nicht, Lieutenant", ließ sich im Hintergrund Captain Goldmunds Stimme vernehmen. „Ich möchte sagen, die ganze Angelegenheit ist eine Etage höher anzusiedeln als die Ihre. Ich übernehme das."
Der Lieutenant von der Spurensicherung zuckte mit den Achseln.
„Ganz wie Sie wollen, Sir. Ich reiße mich nicht um den Fall."
Captain Goldmund nickte Ruth aufmunternd zu.
„Es ließ sich nicht vermeiden, daß ich Ihr Gespräch mit angehört habe, Mrs. O'Hara. Ich glaube zwar noch immer, daß Sie das Opfer sind eines kranken alten Mannes, der – im Jargon gesprochen – nicht mehr alle Tassen im Schrank hatte. Aber es kann durchaus sein, daß ich mich irre. Der Staub wird darüber entscheiden. Ich darf Sie begleiten ..."
Ruth schöpfte Hoffnung. Die Angelegenheit ging endlich in kompetente Hände über. Im Polizeilabor, Ruth zweifelte nicht daran, würde man über Mittel und Wege verfügen, den silbrigen Staub zum Reden zu bringen.
Draußen schneite es noch immer. Ruth warf dem Captain einen fragenden Blick zu. Er verstand.
„Wenn's Ihnen recht ist", sagte er, „nehmen wir Ihre *Libelle*. Für Sie besteht kein Anlaß, noch einmal hierher zurückzukehren."

Ruth übernahm das Steuer. Der Platz neben ihr blieb frei. Captain Goldmund hatte sich ohne ein Wort der Erklärung auf den unbequemeren Rücksitz gezwängt. Er wirkte plötzlich nachdenklich, fast besorgt. Auf halber Strecke brach er das Schweigen.
„Wer außer Ihnen weiß noch von diesem Staub, Mrs. O'Hara?"
„Sven Runeberg", sagte Ruth.
„Wer ist das?"
„Ein Techniker der VEGA. Aber er kennt den Inhalt nicht."
„So."
Captain Goldmund stellte keine weiteren Fragen. Die Auskunft schien ihn zufriedengestellt zu haben.
Über dem heimatlichen Parkdeck bildete das Schneetreiben wütende Wirbel. Die *Libelle* tauchte hindurch und setzte auf. Ruth entriegelte das Kabinendach.
„Wie kommen Sie weiter, Captain?"
„Ich lasse mich abholen."
Captain Goldmund wahrte Zurückhaltung. Als der Lift kam, trat er auf die Seite, um Ruth den Vortritt zu lassen, und in der Kabine achtete er peinlichst darauf, ihr nicht zu nahe zu kommen. Als sie ihn ein wenig spöttisch ansah, hob er die Schultern.
„Wir wollen doch jedes Mißverständnis von vornherein auschließen, Mrs. O'Hara."
Ruth mußte lachen, und er stimmte mit ein.
Das Lachen gefror ihr, als sie die Wohnungstür aufstieß. Sibirische Kälte schlug ihr entgegen. Ruth wies

Captain Goldmund einen Sessel neben der Hausbar an und eilte zum Kinderzimmer. Davor machte sie Kehrt, stürzte in den Betriebsraum und schaltete die Heizung ein. In der Aufregung hatte sie es zuvor vergessen. Die Wärme kam sofort; sie spürte es an ihren Füßen. Das Gesetz von der Stillegung aller privaten Heizanlagen trat erst in einer Stunde in Kraft. Ruth dachte mit Schaudern an den kommenden Tag. Sie drehte die Heizung auf volle Touren. Im Fußboden floß die lebensspendende Wärme hinüber in die anderen Räume. Ruth verließ den Betriebsraum und betrat endlich das Kinderzimmer.
Mark Junior saß bibbernd und weinend im eiskalten Bett. Ruth beeilte sich, ihm etwas überzuziehen.
„Armer Liebling!" sagte sie. „Es hat lange gedauert. Aber nun ist alles gut."
Mark Junior auf dem Arm, kehrte Ruth zu Captain Goldmund zurück. Der zwängte sich ächzend aus dem Sessel. Nach zwei, drei unbeholfenen Schritten blieb er stehen. Ruth musterte ihn besorgt.
„Ist Ihnen nicht gut, Captain?"
Er massierte stöhnend seine Beine.
„Es wird schon werden, Mrs. O'Hara."
„Bestimmt", sagte Ruth. „Sie vertragen die Kälte nicht. Aber das wird sich gleich geben."
„Sie haben die Heizung angestellt?"
„Spüren Sie es nicht?"
Captain Goldmund setzte ein um Verzeihung heischendes Lächeln auf.

„Wirklich, Mrs. O'Hara, ich möchte Ihnen weiter keine Umstände machen. Geben Sie mir den Umschlag, und ich verschwinde. Was ich brauche, ist frische Luft."
„Sofort!" sagte Ruth.
Und dann war Mark Junior schuld daran, daß ihr der Umschlag, als sie ihn aus dem Schrank nahm, aus der Hand rutschte.
„Hoppla!" sagte Ruth.
„Bemühen Sie sich nicht!" sagte Captain Goldmund.
Er bückte sich, um den Umschlag aufzuheben. Die Bewegung bereitete ihm sichtlich Pein.
„Lassen Sie!" sagte Ruth und bückte sich nun auch.
Und dabei geschah es. Sie griffen zur gleichen Zeit nach dem Umschlag. Und bei der Gelegenheit berührten sich ihre Hände.
Captain Goldmunds Entlarvung geschah so überraschend, daß Ruth nicht sofort darauf reagierte.
Eben noch war er ein völlig normaler Kriminalbeamter in Zivil gewesen ...
Die kräftige Männerhand war ohne menschliche Wärme. Sie war kalt. Sie war kälter als die Hand eines Toten. Sie war kalt wie Eis.
Und diese eisige Hand zerrte an dem Umschlag, den Ruth aus irgendeinem Grund, den sie selbst noch nicht kannte, plötzlich nicht hergeben wollte.
Und dann begriff sie.
Captain Goldmunds Gier, den Umschlag in seinen Besitz zu bringen, hatte etwas Mechanisches an sich. Die

Gier kämpfte einen erbitterten Kampf. Die kalten Finger, die sich um den Umschlag gelegt hatten, wollten sich nicht richtig schließen.
Captain Goldmund fluchte.
„Nein!" sagte Ruth. „Nein, Sie sind kein Polizist! Sie sind ..."
Ein Paar haßerfüllter Augen starrte sie in ohnmächtiger Wut an.
Das Entsetzen drohte Ruth zu lähmen.
Ihr Leben und das von Mark junior hing an einem seidenen Faden. Captain Goldmund war der Eismensch, Professor Jakobys krimineller Homat, in dem jetzt Friedrich Chemnitzers böser Geist lebte. Und nun, nachdem er seinen Konstrukteur ermordet hatte, war er systematisch damit beschäftigt, auch die letzten Spuren zu seiner Vergangenheit in der Retorte zu verwischen.
Im Augenblick machte ihm der plötzliche Temperaturanstieg zu schaffen. Das amorphe Eis verlor seine Geschmeidigkeit.
Ruth riß den Umschlag an sich, schlang ihren Arm fester um Mark junior und stürzte aus der Wohnung.
Der Lift war nicht auf der Etage. Sie nahm die Treppe. Der Homat humpelte fluchend hinter ihr her. Ruth konnte hören, wie im ungeheizten Treppenhaus sein Schritt von Stufe zu Stufe sicherer und schneller wurde. Sie erreichte das Parkdeck und zwängte sich mit hämmernden Pulsen in die *Libelle*.

8.

Der Lieutenant von der Spurensicherung trug einen unauffälligen zivilen Anzug, als er am späten Vormittag das Penthouse über dem Exzelsior-Turm betrat, das von der *Liga zur Hebung der öffentlichen Moral* angemietet war. Während er Rapport erstattete, stand er in militärisch straffer Haltung da – gleichsam das Denkmal des namenlosen Helden vor der auf die Flagge gebannten Glut der *Reinigenden Flamme*.
Colonel Diaz musterte ihn mit wohlwollendem Blick.
„Ausgezeichnet, Lieutenant. Und im Haus von Professor Jakoby selbst – gab es dort keine verräterischen Spuren?"
„Es gab sie, aber sie wurden von mir beseitigt, Colonel", erwiderte der Lieutenant. „Kummer bereitete mir das Schlafzimmer. Von einem *Maulwurf* war nicht die Rede gewesen. Doch auch das ließ sich regeln."
Colonel Diaz nickte befriedigt.
„Ihr Einsatz wird zur gegebenen Zeit ihren Lohn finden, Lieutenant. Doch was ist das für ein Problem, das Sie vorhin andeuteten?"

„Eine Frau, Sir. Ruth O'Hara. Verheiratet mit Commander Brandis, der das Projekt *Intersolar* unter sich hat. Sie könnte gefährlich werden. Jakoby hat ihr doch tatsächlich eine Nachricht zugesteckt: Sprechenden Staub."

„Sieh an, der alte Scheißer!" Colonel Diaz war alarmiert. „Und was ist unternommen worden?"

„Es war ein Glücksfall, daß sie sich ausgerechnet an mich wandte. Captain Goldmund kam mir zu Hilfe und übernahm alles weitere."

„Captain Goldmund?"

„Der Eismensch, Colonel. Er hatte aus sich einen hochgestellten Kriminalbeamten gemacht und war bei der Überprüfung des Hauses dabei. Die Zusammenarbeit mit ihm klappt ausgezeichnet."

„Und – hat dieser angebliche Captain Goldmund sie erledigt?"

„Um ein Haar, Sir. Er war schon in ihrer Wohnung. Aber dann gab es eine technische Panne –"

„Welcher Art?"

„So viel ich weiß, wurde ihm der Boden unter den Füßen zu heiß. Wenn ich ihn unterstützen soll –"

Colonel Diaz winkte entschieden ab.

„Sie bleiben, wo Sie sind, Lieutenant. Der Homat ist Manns genug, mit mit der Sache fertigzuwerden. Ein Roboter mit dem Verstand von einem Dutzend Halunken und der Rachsucht von Friedrich Chemnitzer! Einer solchen Kombination ist auf die Dauer kein sterblicher Mensch gewachsen."

9.

Auf *Intersolar* fragte sich Martin Seebeck durch zum Technischen Leitstand. In den Gängen waren die Kabelschächte aufgerissen. Geschäftige Monteure, an denen er sich vorbeizwängte, musterten den Presseausweis auf seiner Brust mit erstauntem Blick.
Seebeck ließ die Atmosphäre der ungewöhnlichen Baustelle auf sich wirken. Schon jetzt stand es für ihn fest, daß er es mit einem der erregendsten technischen Kapitel des Jahrhunderts zu tun hatte. Unter gleichgültig blickenden Sternen war eine Armee von hochqualifizierten Fachleuten damit beschäftigt, für ihren Heimatplaneten Erde das neue Energiezeitalter einzuleiten.
Ein wenig von den Strapazen, unter denen alle diese Frauen und Männer auf der Baustelle zu leiden hatten, war auch Seebeck nicht erspart geblieben. Er war unausgeschlafen und fühlte sich wie gerädert. Der alte Versorger, der ihn nebst einer Ladung von Aluminiumsegmenten hierher geschafft hatte, war von widerlichen Energiestürmen gebeutelt worden. Über-

dies waren die sanitären Einrichten an Bord von der primitivsten Sorte gewesen. Seebeck sehnte sich nach einer heißen Dusche und einer Rasur. Doch dieser persönliche Luxus mußte warten. Im Augenblick gab es Wichtigeres zu tun.

Vom Versorger aus, bevor dieser aufsetzte, war der ganze riesige Komplex gut zu übersehen gewesen: mit seinen schwenkbaren Spiegeltrichtern, den Sektoren, die sich wie die fünf Zacken eines Sterns um jenes Kerngehäuse, die Zentrale, gruppierten, in dem er sich nun befand. Der Anblick hatte Seebeck tief beeindruckt. Überall wurde gearbeitet. Flinke Tender und offene Materialschuten huschten zwischen den freischwebenden Monteuren hin und her. Auch das sogenannte *Hotel* war zu sehen gewesen, die Wohnbaracke, in der die meisten der Techniker und Arbeiter untergebracht waren.

Die Zentrale war größer, als Seebeck vermutet hatte. Mit ihren technischen Einrichtungen – dem EBL als Achse – und den Wohn- und Aufenthaltsräumen für eine zehnköpfige Stammbesatzung hatte sie annähernd das Volumen einer mittleren Plattform.

Mehrere Elektroniker waren schweigsam damit beschäftigt, im Leitstand die Kontakte zu stöpseln. Seebeck warf einen Blick auf einen der ausgebreiteten Schaltpläne. Er trug die Überschrift *Godwana*. Danach klomm er hinauf auf die Brücke, wo er zwischen lauter fremden Gesichtern eines erspäht hatte, das ihm bekannt war: Diego Morales, der neue Erste Ingenieur, stand neben einem gutaussehenden jungen Mann vor einem eingeblendeten Sektorenquerschnitt. Seebeck gab sich den Anschein, als sei er in das Betrachten eines maßstabsgetreuen Modells von *Intersolar* vertieft, das an einem unsichtbaren Energiefaden mitten im Raum schwebte. Es war schon verblüffend, wie selbst diese Miniaturausgabe des astralen Kraftwerks das durch die Scheiben einfallende Sonnenlicht einfing und auf das röhrenförmige EBL konzentrierte. Morales und der junge Mann schienen sich einig geworden zu sein.

„Es ist nicht ungefährlich, Frank. Ich soll Ihnen das einschärfen, sagt Brandis. Am liebsten würde er auf die überholten Engineers warten – doch die Zeit drängt."

„Ich verstehe." Der junge Mann nickte. „Ich mach das schon."

„Aber Vorsicht, Frank! Brandis wartet vor Ort, um Sie persönlich einzuweisen."

Morales, ein untersetzter Mittfünfziger, wandte sich um und streckte dem Neuankömmling die Hand hin.

„Ich bitte um Verzeihung, daß ich Sie nicht gleich begrüßt habe, Mr. Seebeck. Kennen Sie Frank Hauschildt schon? Er ist für Sektor Vier zuständig, unser Sorgenkind."

Seebeck stieg begierig in das Gespräch ein.

„Und was ist der Anlaß Ihrer Sorgen, Frank?"

„Pfusch, Mr. Seebeck!" erwiderte der Sektorenchef.

„Mr. Morales wird's Ihnen erklären. Ich muß los."

„Einer unserer besten Leute!" Der Erste Ingenieur blickte dem jungen Mann nach, als dieser grußlos davonstürzte. „Sektor Vier ist dabei, ihn zu verschleißen."
Seebeck machte ein fragendes Gesicht.
„Es hängt mit den verdammten Folien zusammen", sagte Morales, „mit den Reflektoren. Es kommt immer wieder vor, daß sie in der Kälte splittern, am liebsten, wenn sie gerade verlegt werden. Im Grunde müßte man die ganze Ladung reklamieren, doch dazu fehlt uns die Zeit."
O ja. Seebeck nickte. Der Faktor Zeit. Am 23. November, in genau einer Woche, um 12.00 Uhr Metropoliszeit, so war es bekanntgegeben worden, sollte *Intersolar* seine Energielieferungen aufnehmen. In den Ländern der EAAU wurde dieser Tag herbeigesehnt wie nie ein anderer Tag zuvor.
„Und was ist das Gefährliche dabei?" erkundigte er sich.
Morales deutete hinaus.
„Ein Riß im Schutzanzug, Mr. Seebeck, und Sie holen sich eine tödliche Erfrierung. Das Verlegen der Folien ist eine Arbeit für Roboter, nicht für Menschen. Frank Hauschildt hält den Kopf hin für Fehler, die in den Zulieferindustrien begangen wurden – daheim auf Mutter Erde."
Seebeck war am Ball. Es galt nur, die richtigen Fragen zu stellen.
„Hauschildt ist doch auch der Name ..."

Morales blieb gelassen.

„Sprechen Sie es nur aus, Mr. Seebeck! Sie fragen sich, weshalb Leo Hauschildt, Franks Vater, seine Position als Leitender Ingenieur an mich abtreten mußte." Morales sah Seebeck fest in die Augen. „Ich möchte, daß Sie eins wissen: Es geschah auf Weisung des Projektleiters, Commander Brandis. Ich habe mich nicht danach gedrängt."

Seebeck beschloß, vorerst nicht weiterzubohren, aber doch bei passender Gelegenheit die Ursache dieses Wechsels an den Schalthebeln von *Intersolar* in Erfahrung zu bringen. Leo Hauschildt genoß in Fachkreisen einen hervorragenden Ruf.

Morales mußte erraten haben, was in ihm vorging.

„Mag sein, daß er es Ihnen selbst erzählt, Mr. Seebeck, falls er Wert darauf legt."

„Er ist noch hier?"

„Zuständig für die Übertragung, als Chief der Abteilung. Die zweitwichtigste Position in der Zentrale. Ich möchte ihn nicht missen. Sie werden ihn gleich kennenlernen."

Seebeck warf einen Blick auf die Elektroniker, die die Kontakte stöpselten.

„Ich hörte so etwas von einer bevorstehenden ersten Versuchsschaltung."

Der Erste Ingenieur nickte.

„Ein Probeschuß auf *Godwana,* richtig."

„*Godwana?*" Seebeck griff das Stichwort auf. „Ich sah vorhin den entsprechenden Schaltplan."

„Ein Transformer in der Antarktis, Mr. Seebeck – im Zusammenhang mit *Intersolar* gebaut und dann wie alles andere nicht in Betrieb genommen. Es wäre unser erster praktischer Versuch mit dem EBL – mit reduzierter Leistung."
„Und warum übertragen Sie nicht gleich nach Metropolis?" erkundigte sich Seebeck.
Morales schüttelte den Kopf.
„Ich hätte es riskiert, aber Commander Brandis ist dagegen. Er will nichts riskieren. Wenn der Probeschuß ins Auge ginge ..."
Seebeck runzelte die Stirn.
„Ich bin kein Physiker, Mr. Morales."
„Oh", meinte der Erste Ingenieur, „die Sache ist im Prinzip sehr einfach. Wir sammeln die Sonnenenergie ein – hier draußen, wo sie noch ungefiltert ist – und transportieren sie mittels EBL zur Erde. Die Transformer fangen sie auf und setzen sie in handliche Einheiten um. Haben Sie vielleicht eine Münze bei sich?"
Seebeck fingerte aus einer seiner Taschen eine blanke Silbermünze hervor.
„Genügt das?"
Morales nickte.
„Alles, was Sie zu tun haben, ist dies – die Münze zwischen Daumen und Zeigefinger zu halten, hoch in der Luft. Stellen Sie sich am besten vor die Wand."
Seebeck wäre nicht einer der besten und bestbezahlten Berichterstatter seiner Zeit gewesen, wenn er sich in

diesem Moment zimperlich angestellt hätte. Er gehorchte. Er stellte sich vor die Wand und hob die rechte Hand über den Kopf. Die Silbermünze klemmte zwischen Daumen und Zeigefinger. Der Rest der Hand war abgespreizt.
„Und nicht bewegen!" sagte Morales, der mittlerweile hinter das Modell der Anlage getreten war, die Seebeck kurz zuvor betrachtet hatte. „Nehmen wir einmal an, die Münze sei der Transformer ..."
Es war passiert, bevor Seebeck begriffen hatte, wie es geschah. Der Erste Ingenieur hatte das Modell geschwenkt, Ziel gefaßt – und das aus konzentriertem Sonnenlicht bestehende Energiegeschoß hatte ein stecknadelfeines kreisrundes Loch durch die Münze geschlagen.
Seebecks Knie fühlten sich auf einmal weich an.
„Zum Teufel!" sagte er wütend. „Sie hätten mir die Finger abschießen können."
Morales und seine Leute lachten.
„Genau das", erwiderte Morales, „wollen wir vermeiden – daß wir jemandem in Metropolis den Finger wegschießen. Oder noch einiges mehr. Einen Fehlschuß auf *Godwana* können wir uns leisten – der Transformer liegt einsam und allein auf einem Eisfeld. Metropolis jedoch ist eine Stadt mit 50 Millionen Einwohner."
Seebeck beruhigte sich. Noch einmal betrachtete er den Silberling, bevor er ihn einsteckte. Eines Tages würde er unbezahlbar sein – ein historisches Denkmal.

„Mit anderen Worten, Mr. Morales, es geht Ihnen heute um Zielgenauigkeit."
„So ist es. Die ganze Elektronik muß auf Herz und Nieren geprüft werden. Immerhin hat sie hier jahrelang brachgelegen, und wir wissen nicht, wie sie auf den magnetischen Einfluß etlicher passierender Kometen reagiert hat. Auch wenn wir sie jetzt überholt haben ..."
Morales hob die Schultern.
Seebeck studierte das Modell – ein Spielzeug. *Intersolar* war dreizehn Millionen mal größer. Brandis' Vorsicht war begründet.
Ihn schauderte. Deutlicher als mit allen gelehrten Worten hatte Morales ihm vor Augen geführt, welche Leistung im EBL steckte. Wehe, wenn sie außer Kontrolle geriet.
„Und wann ...?"
„Sie sind gerade zur rechten Zeit gekommen, Mr. Seebeck."
Die Elektroniker hatten ihre Arbeit getan und rückten ab. Leo Hauschildt erschien in der Zentrale, Korrektheit und asketische Strenge in Person.
„Wir sind jetzt so weit, Mr. Morales."
„Danke, Mr. Hauschildt. Sobald der Commander da ist, legen wir los. Mr. Seebeck ist hier, um über den Versuch zu berichten."
Hauschildt bedachte Seebeck mit einem reservierten Kopfnicken und machte sich an das Überprüfen des Elektronischen Impulsausrichters.

Die gelassene Selbstverständlichkeit, mit der er das tat, verriet den alten Hasen. Der Chef der Abteilung *Übertragung* handhabte das komplizierte technische Instrumentarium – Vorrechner, Korrektor, Krümmer, Modulator – mit jener Unbefangenheit, die nur jahrzehntelanger Umgang mit der Materie hervorbringt. In gewisser Weise war die Anlage sein Kind. In den Jahren 2077/78 war sie unter seiner Aufsicht installiert worden. Das war der Grund, weshalb er bei der überstürzten Wiederaufnahme des Projekts zunächst zum Ersten Ingenieur auf *Intersolar* eingesetzt gewesen war, bis Brandis als verantwortlicher Projektleiter ihn auf den zweiten Platz zurückgestuft hatte.
Morales befriedigte Seebecks berufliche Wißbegier.
„Die Konstellation, Mr. Seebeck. Es darf keine Abweichung geben. Die Anlage ist ausgelegt auf automatischen Betrieb – aber zunächst muß sie, wie wir es nennen, eingeschossen werden." Morales sah auf die Uhr. „Ich will Sie keinesfalls verjagen ..."
Morales hatte zu tun.
Seebeck zog sich in eine Ecke zurück, wo er nicht störte. Dort war er noch damit beschäftigt, seine ersten Eindrücke in Stichworten festzuhalten, als Brandis – noch im Raumanzug – in die Zentrale gepoltert kam.
„Frage. Zeit?"
„Zero minus 11 Minuten, Sir", erwiderte Morales.
„Das Programm ist geschaltet."
„Wir fahren ab ohne den Sektor Vier. Ich bitte, das zu berücksichtigen, Mr. Hauschildt."

„Abfahren ohne den Sektor Vier. Verstanden, Sir."
Hauschildt ließ seinen Drehsessel zurückschwingen zum Kontrollpult.
Brandis erspähte Seebeck in seiner Ecke und schickte ein knappes freundliches Lächeln zu ihm hinüber.
„Auch wieder mal dabei, Martin?!"
Seebeck feixte.
„Keine Feier ohne Meier."
„Manchmal kommt mir dieses Unternehmen vor wie die reinste Trauerfeier. Aber das schreib lieber nicht."
Brandis stand in dem Ruf, nicht eben publicityfreudig zu sein. Im allgemeinen hatten Journalisten bei ihm einen schweren Stand. Bei Seebeck machte er eine Ausnahme. Auf einigen seiner astralen Reisen hatte der Pulitzer-Preisträger ihn begleiten dürfen. Mittlerweile verband sie eine auf gegenseitigen Respekt gegründete Freundschaft.
„Du kommst gerade recht zum ersten Probeschuß."
„Auch ein blindes Huhn findet mal ein Körnchen, Mark."
Brandis hob beide Arme.
„Mach dich nützlich! Hilf mir aus den Klamotten. Ich ersticke."
Der Commander wischte sich den Schweiß aus dem schmal und hager gewordenen Gesicht, als der unförmige Anzug endlich von ihm abfiel.
„Uff!"
Seebeck hob die Kombination auf und sah sich nach einem Haken um.

„Knall das Zeug irgendwo hin!" sagte Brandis. „Nach dem Probeschuß muß ich sowieso wieder raus. Da paßt dies nicht, da paßt jenes nicht, der letzte Engineer ist ausgefallen, und wir bekommen nicht das Material, das wir ordern. Manchmal möcht ich sagen: ‚Sucht euch einen anderen, das ist nicht zu schaffen!' und den ganzen Krempel hinschmeißen."
Seebeck ahnte die abgrundtiefe Erschöpfung hinter den Worten des Freundes. Brandis war nicht der Mann, der sich schonte. Was er von anderen erwartete, verlangte er zunächst einmal von sich selbst – und noch einiges mehr.
„Ach, verdammt, Martin", – Brandis fegte mit einer knappen Handbewegung den Kleinmut hinweg – „wir müssen es schaffen."
Eine Frage stand plötzlich unausgesprochen im Raum: Was war los mit der Welt, daß sie von einem Dilemma ins andere fiel, immer häufiger, immer schneller?
Seebeck konnte sich aufmunternde Worte sparen. Brandis riß ein schrillendes Telefon aus der Halterung.
„Projektleiter."
Das Gespräch war kurz. Brandis knallte den Hörer wieder auf die Gabel und wandte sich um.
„Das FK. Sie haben Schwierigkeiten mit einem Energietornado in der Sierra-Region. Godwana hat Mühe, uns zu verstehen. Das wird nicht besser. Ich lasse vorzeitig abfahren."

Morales drückte eine Sprechtaste.
„Zero ist vorverlegt, Herrschaften. Bitte, Programm!"
Seebeck verdrückte sich wieder in seine Ecke.
Die Sichtschirme und Lautsprecher in der Zentrale erwachten schlagartig zum Leben. Der Pulsschlag huschender Zahlenkolonnen über dem Kontrollpult warf grünliche Reflexe auf Hauschildts sorgfältig gebürstetes Haar.
Die Stimme des antarktischen Transformers meldete sich wie aus einem Zerhacker:
„Inter-so-lar---God-wana!---Kom-men!"
Brandis nickte, und Morales als Erster Ingenieur übernahm die Regie über den technischen Ablauf.
„Roger, Godwana. Wir müssen vorverlegen. Es geht los. Melden Sie sich, sobald der Empfänger klar ist."
Seebeck entsann sich eines Fotos, das er von Godwana gesehen hatte: Der Transformer, dessen Aufgabe es sein würde, sowohl die antarktischen Siedlungen als auch fast ganz Südamerika mit wandelbarer Energie zu versorgen, erhob sich als schüsselförmige Betonmulde von fast einem Kilometer Durchmesser auf dem Filchner-Schelfeis am Rande des Weddellmeeres. Die Mulde bestand im wesentlichen aus Isoliermasse. Der starre Empfänger schwamm darin wie der Docht in einem Teelicht.
Der unsichtbare Zerhacker spuckte die Bestätigung aus:
„God-wana---klar---zum---Empf---"
Morales formulierte laut und deutlich:

„Roger, Godwana. Wir haben reduziert auf dreißig Prozent. Sie sollten also keine Probleme haben."
„Dreißig – – –"
Die Stimme von Godwana ging unter im wütenden Rauschen des astralen Tornados, dessen Vorboten Seebeck auf der Anreise zu spüren bekommen hatte.
Morales straffte sich. Die Probe aufs Exempel stand unmittelbar bevor, der erste Energieschuß einer unfertigen Anlage. Er spürte die Nervosität seiner Mitarbeiter, das gespannte Schweigen, das plötzlich eingesetzt hatte.
„Mr. Hauschildt – – Countdown!"
Hauschildt schaltete den Sekundenzähler zu, der mit dem des Transformers gekoppelt war. Sowohl auf der fernen Erde als auch unter den Sternen begann eine blecherne Computerstimme die Zeit in immer kleiner werdende Stücke zu zerlegen:
Zehn. Neun. Acht. Sieben. Sechs. Fünf. Vier. Drei. Zwei. Eins ...
Bei *Zero* drückte Hauschildt auf den Auslöser.
Und gleich darauf fühlte sich Seebeck um ein historisches Ereignis betrogen. Er war sich nicht im klaren darüber, was er von diesem Augenblick erwartet hatte – auf jeden Fall jedoch etwas anderes als diese scheinbare Ereignislosigkeit, die auf den Knopfdruck folgte. Kein ungeheures Brausen ließ sich vernehmen, kein gewaltiges Beben lief durch die Flurplatten, auf denen er stand.

Seebeck machte den Mund auf, um seinem Befremden Ausdruck zu verleihen.

Und in der gleichen Sekunde spuckte der Zerhacker die Katastrophenmeldung aus:

„Stop – – – stop – – – stop!"

Brandis stand plötzlich neben dem Kontrollpult und drückte den Aus-Knopf.

„Sie sind zu langsam, Mr. Hauschildt!"

Hauschildt bekam schmale Lippen und blieb stumm.

Brandis drängte sich mit den Worten „Entschuldigen Sie!" an Morales vorbei und drückte die Sprechtaste, die *Intersolar* mit Godwana verband.

„Godwana – Projektleiter. Was zum Teufel ist los?"

Der Zerhacker spuckte die Fetzen einer Antwort aus:

„––– Fehlschuß ––– Eis ––– Schlagseite –––"

Man brauchte Seebeck nichts zu verdeutlichen. Der Energiestoß hatte die Mulde verfehlt und die Eisfläche, auf der sich der Transformer Godwana erhob, zum Schmelzen gebracht. Der Koloss war am Versinken.

Brandis richtete sich auf.

„Mr. Morales", sagte er, „stellen Sie fest, um wieviel wir abgewichen sind und lassen Sie die Abweichung neutralisieren."

„Selbstverständlich, Sir."

Brandis maß ihn mit einem raschen Blick.

„Und, Mr. Morales, danken Sie Gott, daß wir nicht auf Metropolis gezielt haben. Die Zentrale ist nun einmal Ihr Ressort."

Brandis wandte sich ab, bevor der Erste Ingenieur zu einer Rechtfertigung ansetzen konnte.
„Martin, tut mir leid – ich hab' jetzt keine Zeit für dich. Laß dir eine Koje anweisen. Wir sehen uns dann später."
Brandis hob seine Kombination auf, warf sie sich über die Schulter und eilte davon. Ein unbehagliches Schweigen blieb zurück. Seebeck brach es als erster.
„Ich glaube, Mr. Morales, er hat nicht mehr viel zuzusetzen. Der Fehlschlag macht ihm zu schaffen."
Morales wandte Seebeck ein blaß gewordenes Gesicht zu.
„In einem Punkt stimme ich Commander Brandis zu: Wir können uns Fehlschläge nicht länger leisten. Aber, Herrgott", Morales Faust krachte auf das Pult, „im Fall Godwana war ich meiner Sache sicher. Das Programm stand – hundertprozentig. Man muß sich jetzt fragen ..."
Seebecks Aufmerksamkeit schweifte für einen Augenblick ab. Ein *Scooter* zog vor dem Fenster vorbei, eins von den offenen Raumkanus. Brandis verlor keine Zeit. Die Arbeit ging weiter. Und wo der Projektleiter nicht nach dem rechten sah ...
Seebecks Blick kehrte zu Morales zurück.
„Wie war das eben?"
„Ich sagte gerade", widerholte Morales, „daß der Wurm überall stecken kann. Es mag an diesem Tornado gelegen haben. Wir haben mit dem, was wir hier tun, noch keine Erfahrung. Andererseits sind die elek-

tronischen Bauelemente, die hier benötigt werden, von geradezu hysterischer Sensibilität. Ein verbotenes Metallteilchen in der Tasche eines Arbeiters bei der Justierung kann zu magnetischen Abweichungen führen."

Auch Leo Hauschildt hatte dem Scooter nachgeblickt. Der Commander hatte Morales zur Minna gemacht. Noch eine solche Panne – und Morales würde sein Gastspiel als Erster Ingenieur beenden müssen.

„Wenn es Ihnen recht ist, Mr. Morales", sagte er laut, „fange ich schon mal an, die Anlage zu überprüfen."

Leo Hauschildt entriegelte das Pult. Niemand bemerkte, wie er rasch eine Hand hineinsteckte und mit zwei spitzen Fingern den winzigen Magneten entfernte, der neben dem Winkelrechner klebte.

10.

Vierzig Meter tief unter der frostklirrenden, schneebedeckten Oberfläche der künstlichen atlantischen Insel namens Metropolis herrschten fast tropische Temperaturen. Die Körperwärme jener über hundert unglücklichen Fahrgäste des *Express 303,* der in der engen Metro-Röhre festsaß, heizte in der Survival-Lounge die verbrauchte Luft auf.
Die Luft war schwer und arm an Sauerstoff. Und von Atemzug zu Atemzug wurde sie schlechter. Einen vierten Tag in dieser babylonischen Gefangenschaft – Ruth O'Hara machte sich nichts vor – würde sie nicht überstehen.
Nicht nur sie – auch die anderen nicht. Niemand in diesem Raum, der ursprünglich geplant worden war als Überlebensbox mit Notausstieg für den unwahrscheinlichen Ernstfall – und in dem nunmehr alle Lichter erloschen waren. Niemand.
Und Mark junior schon gar nicht.
Ruths Hand tastete sich durch die Dunkelheit, bis sie das hüstelnde Kind gefunden hatte. Der Junge

brauchte dringend einen Arzt, zumindest jedoch gehörte er ins Bett. Das Fieber zehrte ihn aus.
Warum geschah nichts? Weshalb ließ die Rettungskolonne auf sich warten? Im Prinzip war der Verkehr in dem unterirdischen Röhrensystem narrensicher – aber für den Fall des Falles wurde rund um die Uhr ein mobiler Bergungstrupp in Bereitschaft gehalten.
Die Metro-Betreiber garantierten: Im gesamten Verkehrsnetz gäbe es keinen Punkt, der von den Bergern nicht binnen einer Stunde erreicht werden könnte.
Ruth entsann sich des Momentes, in dem der *Express 303* auf freier Strecke plötzlich zum Stehen gekommen war.
Die Stunden, die seitdem verstrichen waren, ließen sich kaum zählen.
Ruth fiel sogar das Rechnen schwer. Der Sauerstoffmangel beeinträchtigte das Denkvermögen. Die Gedanken krochen wie Schnecken.
Zweimal vierundzwanzig Stunden.
Und noch einmal achtzehn.
Sechsundsechzig Stunden.
Bald volle drei Tage.
Und begonnen hatte alles mit der überstürzten Flucht aus der Wohnung.

Als der Helikopter abhob, fiel das Licht des Landescheinwerfers über das Parkdeck her.
Der falsche Captain Goldmund stand im wirbelnden Schnee, den Kopf in den Nacken geworfen, und sein

Gesicht glich im kalkigen Licht einer erstarrten Maske. Es war ohne jeden Ausdruck.

Ruth schaltete den Scheinwerfer ab.

Allmählich ging ihre Flucht über in planmäßiges Handeln.

Also, was war geschehen? Sie hatte sich in eine Falle locken lassen. Die Gefahr, die von Jakobys Homaten ausging, kam ihr erst jetzt in vollem Ausmaß zu Bewußtsein. Der Eismensch war so geschickt getarnt gewesen, daß selbst die Polizisten, die nach ihm fahndeten, sich hatten täuschen lassen. Oder steckten sie mit ihm unter einer Decke?

In was, fragte sich Ruth, war sie hineingeraten?

Die Antwort lag möglicherweise im sprechenden Staub verborgen, den sie noch immer besaß.

Sie überzeugte sich davon, daß der Umschlag, den sie den klammen Fingern dieses intelligenten Monstrums gerade noch hatte entreißen können, unversehrt geblieben war.

Was ging vor in Metropolis?

Wer war daran interessiert, Chemnitzers bösen Geist noch einmal auf die Menschheit loszulassen?

Ruth nahm Kurs auf die VEGA.

Dort, in ihrem Büro, erwartete sie eine sichere Zuflucht. Jacksons Werkschutz setzte sich aus erprobten, zuverlässigen Leuten zusammen. In der Hungerrevolte des vergangenen Jahres war dank ihnen das Gelände der VEGA von Gewalttat und Plünderung verschont geblieben.

Und ungeachtet der späten Stunde würde sich immer noch ein Techniker auftreiben lassen, um ihr zu helfen, den Staub ins Kreuzverhör zu nehmen. Und sei es mit einem weiteren abgehalfterten Stuntman.
Die Sache duldete keinen Aufschub.
Der nächste Schritt würde dann sein, sich mit John Harris in Verbindung zu setzen, der sich noch immer in Las Lunas befand.
Oder, falls Harris unerreichbar blieb, mit Henry Jackson. Der Sicherheitsbeauftragte der VEGA war ein erfahrener Kriminalist, ein Spezialist auf dem Gebiet der Abwehr.
Die Polizei von Metropolis hingegen – Ruth fühlte sich gewarnt – war in dieser verworrenen Angelegenheit kein vertrauenswürdiger Verbündeter mehr. Ein falscher Captain war vorerst genug.
Professor Jakoby war keineswegs eines natürlichen Todes gestorben ...
So weit waren Ruths Überlegungen gediehen, als das helle Pfeifen des Rotors schlagartig überging in ein stotterndes Winseln.
Ruth überprüfte die Anzeigen. Alle, bis auf eine, waren normal. Die Treibstoffanzeige stand auf LEER.
Dabei – in solchen Zeiten entwickelt man für gewisse Dinge ein untrügliches Gedächtnis, und Ruth machte diesbezüglich keine Ausnahme – war der Tank vor einer Viertelstunde noch fast halb voll gewesen.
Ein paar Sekunden noch – und der Helikopter würde anfangen zu trudeln.

Ruth war eine erfahrene Pilotin und reagierte sofort. Sie drückte die Maschine in die Tiefe und hielt Ausschau nach einem Landeplatz.
Metropolis lag im Dunkeln. Ruth schaltete den Scheinwerfer ein.
Der Helikopter stieß hinab in eine Straßenschlucht und wirbelnden Schnee, gewann noch einmal an Höhe und setzte dann mit einem letzten Düsenröcheln auf dem menschenleeren Antoine-Ibaka-Platz auf.
Ruth wischte sich den kalten Schweiß von der Stirn.
Sie war noch einmal davongekommen, um ein Haar, und Mark Junior mit ihr.
Als Ruth den Jungen aufhob, wurde er wach und begann zu weinen.
„Still!" sagte Ruth. „Es ist ja nichts passiert. Still!"
Nun erst nahm sie den scharfen Geruch von verschmortem Metall wahr. Irgendwo im Helikopter gab es ein Einschußloch.

Und weiter?
Ruth rang nach Luft. Neben ihr, in der undurchdringlichen unterirdischen Nacht, hustete ihr Kind.
„Still!" sagte sie. „Mir wird schon etwas einfallen. Still!"
Wenn keiner der Eingeschlossenen sich entschied, sein Schicksal in die eigene Hand zu nehmen – sie würde es tun.
Aber wie? Wohin sollte sie sich wenden?
Im Schneegestöber über dem Antoine-Ibaka-Platz

hatte ihr ein einsames glühendes M den Weg gewiesen.
M für Metro.

Hinter dem huschenden Vorhang glomm das M wie das Positionslicht eines fernen Schiffes. Es war nur deshalb so deutlich zu sehen, weil alle anderen Lichter, die sonst zu nächtlicher Stunde die Hauptstadt der EAAU mit ruhelosem Leben erfüllten, gelöscht waren. War das schon der Anfang vom Ende? Auf jeden Fall spielte die energiehungrige EAAU mit *Intersolar* ihre letzte Karte aus.
Als Ruth O'Hara den Helikopter verließ, fiel der eisige Wind über sie her wie ein wildes Tier. Ruth duckte sich. Die Maschine mußte bleiben, wo sie war – zumindest bis zum nächsten Morgen. Dann würde man sie für den kurzen Flug zur VEGA wohl provisorisch flottmachen können. Einstweilen behinderte sie keinen.
Ruth zog den Schlag noch einmal auf und nahm den Umschlag an sich. Um ein Haar hätte sie ihn auf der Mittelkonsole liegenlassen.
Nein, noch gab sie nicht auf.
Den wieder in Schlaf gefallenen Mark junior auf dem Arm, kämpfte sie sich durch Schnee und Wind bis zur Rolltreppe, die sie hinabtrug zum tief unter der Erde gelegenen Bahnhof.
In der ganzen riesigen Stadt war in diesen Tagen die Metro das einzige Verkehrssystem, das noch halbwegs zuverlässig funktionierte, und der *Express 303* gehörte

zu den Zügen, die weiterhin im Halbstundentakt verkehrten. Er verband das Zentrum von Metropolis sowohl mit dem Raumbahnhof als auch mit dem Werftgelände und schließlich mit dem Areal der VEGA, auf dem allein eine mittlere Großstadt Platz gefunden hätte.

Mit gedämpftem Fauchen kam der Zug aus der Röhre und hielt. Ruth stieg ein, fand einen freien Sessel und setzte sich – plötzlich zu Tode erschöpft. Die Türen schlossen sich lautlos, und die glitzernde Schlange des Zuges tauchte ein in die runde Nacht der Röhre.

Kostbare Zeit ging verloren. Aber sie waren am Leben, und das war wohl das Wichtigste. Ruth schlang die Arme fester um das ruhig atmende Kind, lehnte sich zurück und schloß die Augen.

Den ganzen Tag war sie nicht zur Ruhe gekommen. Endlich durfte sie entspannen.

Panisches Schreien weckte sie.

Um sie herum herrschte stockdunkle Nacht, und der *Express 303* stand.

Eine Frau, die man in der Dunkelheit nicht sehen konnte, kreischte hysterisch.

Ruth war sofort klar, was geschehen war.

Die Energiezufuhr war unterbrochen.

Und dann?

Wie lange hatten sie im Zug ausgeharrt, immer in der Hoffnung, die Energie würde wieder zugeschaltet wer-

den? Oder die Berger würden kommen, um sie herauszuholen ...
Wie lange?
Ruth wußte es nicht mehr.
Irgendwann waren sie aufgebrochen. Der erste, der den Zug verließ, bestimmte die Richtung. Die anderen folgten. Sie stolperten hintereinander her durch die stockdunkle Röhre, bis endlich wie der gute Stern von Bethlehem das Notlicht einer Survival-Lounge vor ihnen auftauchte.
Im übrigen war das Notlicht, so lange es brannte, das einzige Freundliche an der Überlebensbox. Kabelarbeiten hatten sie in eine unwirtliche Baustelle verwandelt. Aus den Schächten tropfte nach Chemie stinkendes Kondenswasser. Das Telefon war außer Betrieb. Jemand, der sich als Fernmeldetechniker bezeichnete, versuchte es im Schein eines Feuerzeuges anzuschließen, aber er mußte aufgeben, weil die Ursache des Defektes irgendwo außerhalb seiner Reichweite zu suchen war.
Und damit begann das lange Warten.

In der Kontrollbox des Doppelbahnhofs unter dem Samuel-Hirschmann-Platz war ein unrasierter Stationsmaster im Flackerschein einer Kerze mit müder Stimme am Telefonieren, als die Frau aus der Röhre auftauchte.
Er sah sie erst, als sie die Tür aufzog. Sie hatte langes rotes Haar und trug ein hustendes Kind auf dem Arm.

Sie war so erschöpft, daß sie sich kaum noch auf den Beinen hielt.
Der Stationsmaster starrte sie an wie eine Erscheinung.
Die Frau deutete in die Schwärze, aus der sie gekommen war.
„*Express 303*", brachte sie hervor. „Die andern sitzen noch in einer Survival-Lounge, in der es bald keine Luft mehr gibt."
Der Stationsmaster reagierte auf die Nachricht auf eine Weise, die die Frau befremdete. Auch Entsetzen nutzt sich ab, und aus Anteilnahme wird hilflose Apathie. Der Beamte reagierte mit einem ergebenen Achselzucken.
„Alle *Express* stecken fest. Alle *Express* und alle *City Subs*. Und es ist fraglich, ob wir sie wieder flottbekommen. Wenn wir aus Kanada nicht noch einmal Energie erhalten, von den Niagarafällen ..."
Auch der Stationsmaster stand kurz vor dem Zusammenbruch. Er mußte sich zusammenreißen, um der Frau Auskunft zu geben – daß alles nicht die Schuld der Metro war.
„Wir haben Verstärkung angefordert", sagte er, „ein Pionierbataillon. Sobald das da ist, holen wir die Leute raus."
„Beeilen Sie sich."
Die Frau zeigte dem Stationsmaster einen versiegelten Plastikstreifen. Dieser wies sie aus als Ruth O'Hara von der Public-Relations-Abteilung der VEGA.

„Ich muß dringend mit meiner Dienststelle telefonieren", sagte sie. „Geht das von hier?"
Der Beamte schüttelte den Kopf.
„Sie kommen aus dem Netz nicht 'raus. Aber eine Zelle ist zwischen den Treppen."
„Danke."
Ruth eilte zum Ausgang. Die Rolltreppe rührte sich nicht. Ruth kämpfte sich die viel zu hohen Stufen hinauf bis zur menschenleeren Verkaufsetage. Von oben fiel graues Tageslicht in den eisigen Schacht. Ruth fand die Visiofonzelle und wählte Harris' Nummer. Gott im Himmel, betete sie dabei, laß Harris aus Las Lunas zurück sein! Und ihr Gebet wurde erhört.
Auf dem Bildschirm erschien das kantige Gesicht des einarmigen VEGA-Direktors.
„Ja?"
„Ruth O'Hara, Sir."
„O, Ruth. Ich kann Sie kaum erkennen. Wo stecken Sie? Wir sind in großer Sorge um Sie."
Ruth spürte, daß sie gleich losheulen würde vor lauter Glück.
„Hören Sie, Sir", sagte sie, „ich erkläre Ihnen alles, sobald ich da bin. Im Augenblick brauche ich Ihre Hilfe, um hier wegzukommen. Ich spreche vom Samuel-Hirschmann-Bahnhof."
Harris' Antwort war das beste Beruhigungsmittel.
„Ich werde dafür sorgen, daß Sie ein Taxi bekommen, Ruth."
Gleich würde der Alptraum ein Ende nehmen.

Ruth stieg erleichtert die zweite Treppe hinauf. Unter dem Vordach blieb sie stehen. Es hatte geschneit, getaut und wieder gefroren. Und nun hatte sich Metropolis in eisigen Nebel gehüllt. Ruth fror. Aber sie blieb stehen, wo sie stand, bis sich aus dem zähen Grau die Umrisse des versprochenen Taxis lösten.

Der Kabinenwagen schwebte heran, wendete und setzte auf. Der Fahrer öffnete den Schlag.

„Mrs. O'Hara?"

„Ja."

„Ich habe Beförderungsorder für Sie. Ich soll Sie zur VEGA bringen."

„Wo soll ich einsteigen?"

„Hinten. Ich helfe Ihnen."

Ruth kämpfte sich durch den harschigen Schnee. Als sie einsteigen wollte, rutschte sie aus. Und dabei geschah es. Auf der Suche nach einem Halt berührte sie die kalte Hand des Fahrers, der hinaussprang, um ihr das Kind abzunehmen.

Niemand, der zusah, begriff den Zusammenhang.

Die Frau stieß einen halberstickten Schrei aus, riß sich los und rannte davon.

„Mrs. O'Hara!"

Der erstaunte Ruf des Fahrers verhallte ohne Antwort im Nebel.

„Da legst' dich nieder!" sagte der Fahrer. „Was habe ich ihr denn getan?"

Er war noch damit beschäftigt, seine steifgefrorenen Hände zu hauchen und zu reiben, als das zweite Taxi

von irgendwoher aus dem zähen Grau auftauchte.
„Was ist los?" fragte der Kollege.
Der Taxifahrer tippte sich vor die Stirn. „Eine Verrückte!" sagte er. „Erst soll ich sie zur VEGA fahren – und plötzlich haut sie ab, samt Kind, wie von der Tarantel gestochen. Und nur, weil ich sie angefaßt habe."
Der Taxifahrer machte sich wieder daran, die Blutzirkulation in seinen eiskalten Fingern in Gang zu bringen. Seitdem die Kabinenwagen nicht mehr beheizt werden durften, fror man sich darin nicht nur den Hintern ab.
Der Kollege sah sich nach allen Seiten um.
„Und wo ist sie hin?"
„Weiß ich's? Wenn sie nicht will, laß sie doch sausen!"
Der Taxifahrer krauste plötzlich die Stirn. „He, das ist doch Charly Pinks neuer Schlitten. Bist du ein Freund von ihm?"
Der Kollege, der mit Charly Pinks neuem Schlitten unterwegs war, blieb dem Taxifahrer eine Auskunft schuldig. Er knallte den Schlag zu und gab Gas.
Verfluchter Nebel!
Der Homat, der in Charly Pinks neuem Schlitten am Steuer saß, machte sich daran, den Samuel-Hirschmann-Platz nach der verschwundenen Frau abzusuchen.
In seinem elektronischen Gehirn jagten sich die Impulse.
Falls er Ruth O'Hara jetzt nicht fand – was würde ihr nächster Schritt sein?

11.

Ein Maler, dessen Aufgabe es gewesen wäre, die Baustelle *Intersolar* im Bild darzustellen – er wäre schwerlich der Versuchung nicht erlegen, die ganze schreckliche Schönheit des leeren Raumes in sein Kunstwerk mit hineinzupacken: den Glast der großen Sonne; das diamantene Funkeln der Sterne: die rote Aura der Venus; den schwarzen Samt der Unendlichkeit.
Selbst Brandis, obwohl er kein Maler war, hätte dies alles in sich aufgenommen – als jenes Mysterium, dem er ein Leben lang nachfolgte –, wenn er weniger abgekämpft und erschöpft gewesen wäre. Seit sechsundsiebzig Stunden war er ohne Schlaf.
Vor dem Sektor 4 war Frank Hauschildt damit beschäftigt, zwei seiner Mechaniker beim Auseinandernehmen eines alten Roboters vom Typ Engeneer-I Anleitungen zu geben.
„Vorsicht! Die Magazine könnten noch unter Strom stehen ..."
Der Sektor 4, vor dem Sternbild des Großen Bären gelegen, war und blieb das Sorgenkind des Unterneh-

mens. Mit seinen aufgesplitterten und bizarr verwundenen Spiegelflächen glich er einer obskuren Jahrmarktsattraktion.

Genau genommen, mußten diese allesamt abgelöst und durch solche von verbesserter Qualität ersetzt werden, aber der unselige Faktor Zeit ließ das nicht zu. Der 23. November stand vor der Tür – und in den paar Tagen bis dahin war an einen Austausch der Spiegelplatten nicht zu denken. Man mußte sich darauf beschränken, die Folien zu glätten.

Von Anfang an hatte es das Problem der Zulieferung gegeben. Die Hersteller auf der Erde konnten infolge der sich mehrenden Energieabschaltungen die Fristen nicht mehr halten – oder sie suchten ihr Heil in der Schlamperei. Und das bedeutete, daß man zurechtkommen mußte mit dem, was zur Verfügung stand – daß man gezwungen war zu improvisieren.

Brandis verließ den Scooter.

Die Frage, die ihn immer häufiger beschäftigte, ließ sich auf eine kurze Formel bringen: War er, Commander Mark Brandis, dem Projekt, zu dessen Leiter er sich hatte ernennen lassen, gewachsen? Verdiente er das Vertrauen all dieser Leute, die er befehligte?

Der junge Hauschildt unterschied sich von seinen Monteuren lediglich durch die Farbe des Helmes. Die der Monteure war glänzendes Silber – die des Ingenieurs und Sektorenchefs glänzendes Silber mit einem goldenen Balken.

„Worum geht's, Frank?"

Die Frage blieb unbeantwortet. Brandis klopfte verärgert gegen seinen Helm, bis das Mikrofon ansprach. Er fragte noch einmal:
„Worum geht's, Frank?"
Frank Hauschildt wandte Brandis kurz sein verglastes Gesicht zu.
„Wir versuchen gerade, den Blechschimpansen umzupolen, Sir. Wenn's funktioniert, wären wir ein ganzes Stück weiter."
„Andere haben's versucht – ohne jeden Erfolg."
„Theoretisch sollte es machbar sein, Sir. Die Engineer-I-Reihe war die schlechteste nicht."
„Richtig. Für Montagezwecke."
„Und was ist das, Sir?"
„Reparatur", sagte Brandis. „Aber ich will Ihnen nicht dreinreden, Frank. Vielleicht haben Sie ja mehr Glück als die anderen."
Frank Hauschildts Gesicht hinter dem dicken Panzerglas wirkte auf einmal müde und verfallen, als er erwiderte:
„Sektor 4 wird Sie nicht im Stich lassen, Sir."
Brandis zwängte sich wieder in den Scooter. Er beugte sich noch einmal heraus.
„Ich würde für mein Leben gern sagen, Frank – zur Hölle mit dem Sektor 4. Aber wenn es darum geht, am Dreiundzwanzigsten mehr abzugeben als nur einen Probeschuß, dann muß er im Verbund sein."
Der junge Hauschildt wälzte sich herum. Sein Silberhelm reflektierte auf einmal das grelle, ungefilterte

Licht der Sonne: pure Energie. Brandis kniff die Augen zusammen.

„Bei der Gelegenheit, Sir – wie geht es eigentlich Vater?"

Brandis nahm die Hand vom Starter. Für ein paar Worte mußte Zeit sein.

„Der Arzt ist zufrieden. Noch zwei, drei Tage Ruhe, sagt er, und Ihr alter Herr ist über den Berg. Vielleicht auch schon früher. Es war ein Schock – mehr nicht."

„Ich weiß nicht einmal, was da so recht passiert ist, Sir."

So ging es ihnen allen. Sie schufteten rund um die Uhr – und die menschlichen Bindungen standen hinter der Aufgabe zurück. Brandis bezwang seine Ungeduld.

„Eine Leitung, die eigentlich nicht dafür vorgesehen war, stand unter Spannung. Bei den Vorbereitungen zum zweiten Probeschuß ist Ihr Vater damit in Berührung gekommen."

Es hörte sich harmlos an. Der junge Hauschildt war Fachmann genug, um sich sein eigenes Bild zu machen.

„Richten Sie ihm aus, Sir: Der Sektor 4 drückt ihm die Daumen. Und – ich bin überzeugt – die anderen Sektoren auch. In gewisser Weise ist das hier sein Laden, Sir."

„Ich weiß, Frank."

Frank Hauschildt schüttelte den Kopf.

„Aber trotzdem haben Sie ihn degradiert, Sir. Es gibt viele hier, die das nicht verstehen."

Brandis legte dem Ingenieur seine behandschuhte Rechte auf die Schulter.
„Ihr Vater, Frank, ist ein As auf seinem Gebiet. Für die Aufgabe aber, die uns hier übertragen wurde, ist er zu weich. Ihm fehlt eine Eigenschaft, die Morales besitzt: Durchsetzungsvermögen."
Jetzt, ohne eine Antwort abzuwarten, drückte Brandis den Starter. Hauschild blickte dem Scooter mit zwiespältigem Gefühl nach, bevor er sich wieder seinen Monteuren und dem demontierten Engineer-I zuwandte.
„Also, wenn wir jetzt den roten und den blauen Pol miteinander vertauschen ..."
Plötzlich fiel es ihm schwer, sich auf die Arbeit zu konzentrieren. Das Gespräch hatte ihn aufgewühlt.
Er entsann sich, daß er einer derjenigen gewesen war, die in der Ernennung des Commanders zum übergeordneten Projektleiter die einzige Chance gesehen hatten, um mit dem doppelten Desaster – den Energiehunger eines erkaltenden Planeten mit Hilfe einer verwahrlosten Bauruine zu stillen – fertig zu werden. Brandis war ein Mann mit Erfahrung – sowohl als Expeditionsführer als auch als Projektleiter. In der Kilimandscharo-Krise war er tätig geworden und bei der Abwendung der Gefahr, die der Erde durch den Planetoiden Helin drohte. Als Erster Vormann der Unabhängigen Gesellschaft zur Rettung Raumschiffbrüchiger (UGzRR) genoß er einen untadeligen Ruf sogar in den VOR. Und im Hungerjahr '89 hatte er die

Verpflegungskonvois vom Uranus kommandiert, denen die 50-Millionenstadt Metropolis das Überleben verdankte.
Andererseits ließ es sich nicht leugnen, daß auch Leo Hauschildt ein Mann mit mannigfaltigen Verdiensten war. Und daß er nun unter der Demütigung seiner Degradierung schwerer trug, als er nach außen hin zeigte.

Bevor Brandis die eingedeckte Schute ansteuerte, die den Monteuren der Sektoren 4 und 5 als Basis diente – zum Auftanken der *Rucksäcke,* mit deren Hilfe sie sich fortbewegten, zum Nachfassen von Preßluft, zum Aufwärmen bei einem Becher Kaffee und einem raschen Imbiß –, überblickte er die Baustelle.
Seebeck hatte von einem „grandiosen Szenarium" gesprochen und von der „sichtbaren Verkörperung menschlichen Wagemuts und Überlebenswillens".
Brandis sah vor allem die Aufgabe – die Fortschritte und die Rückschläge.
Und er sah das Kampffeld.
Die Männer und Frauen, die sich hier in der Einsamkeit des Raumes unter seinen Befehl gestellt hatten, um aus einem Haufen Schrott einen funktionstüchtigen Energiesender zu machen, verdienten allesamt, unvergessen zu bleiben. Wer den mörderischen Bedingungen im All nicht standhielt, war längst ausgezahlt worden und zur Erde oder zur Venus zurückgekehrt. Geblieben waren die Besten. Und immer häufiger mußten sie Gesundheit und Leben einsetzen – weil der

Nachschub stockte, weil Professor Jakoby die versprochenen überholten Arbeitsroboter vom Typ Engineer II nicht lieferte, weil die Zeit immer knapper wurde.

Man durfte sich nicht täuschen lassen vom Sonnenglast in den Reflektoren. In der Umlaufbahn regierte die absolute Kälte.

Der bizarre Eisblock, der, eine Kabellänge vom Hotel entfernt, vor dem Pferdekopfnebel in allen Farben des Regenbogens glomm wie ein verwunschener Diamant, war einmal ein Schiff gewesen – eines jener fest auf Position liegenden Wasseraufbereiter. Ein abgesprengter Niet, der seine Bordwand durchschlagen hatte, war ihm zum Verhängnis geworden. Die Besatzung war mit dem Schrecken davongekommen – doch das Schiff war nicht mehr zu retten gewesen.

Inzwischen lohnte es sich nicht länger, es einzuschleppen. Und so würde es eisumsponnen weitertreiben durch den endlosen Raum bis zum jüngsten Tag.

Der Scooter stieß gegen die Bordwand der Schute, schepperte daran entlang, und als die Magnetleuchte anzeigte, daß er fest und unverlierbar an der Außenhaut des großen und plumpen Schiffes klebte, stieg Brandis über.

Die Schleuse war ein übles Einmannloch – gerade weit genug, daß ein Arbeiter im Raumanzug sich hindurchzwängen konnte. Primitiver ging es nicht.

Ein Dutzend Leute war anwesend – die neue Schicht für eine der 280 Untersektionen. Während die Monteure sich für das Aussteigen vorbereiteten, machte Seebeck seine Bilder.

„Laß dich nicht stören, Martin."

„Bin gleich fertig, Mark."

Auch Seebeck zählte zu denen, die sich bei diesem Teufelsjob nicht schonten. Ein paarmal schon hatte Brandis ihn zurückpfeifen müssen, wenn er in seinem Ehrgeiz, seinen Lesern einen ungeschminkten Bericht zu liefern, die nötige Vorsicht außer acht ließ.

Brandis stellte den Helm auf die Ablage, öffnete die Kombination und holte sich einen Becher Kaffee aus dem Spender. Seebeck steckte die Kamera ein und gesellte sich zu ihm.

„Du wirst gesucht, Mark."

„Von wem,"

„Vielleicht von einer unbekannten Verehrerin. Frag das FK."

Brandis drückte die Sprechtaste.

„Brandis. Was war das für ein Anruf?"

Ein Lautsprecher antwortete.

„Eine Frau, würde ich sagen, Sir. Aber sonst nicht zu verstehen wegen der Randwirbel des Tornados. Der Aufzeichner spielte gar nicht erst mit."

„Roger."

Brandis ließ die Taste los und setzte sich mit dem Becher in der Hand an einen freien Tisch. Bei aller Müdigkeit, von der sein Gesicht geprägt war, wirkte er zum erstenmal seit langem wieder zuversichtlich und zufrieden.

„Was sagst du zu unserem Probeschuß auf El Golea, Martin?"

Der Probeschuß war in der Frühe des Tages abgegeben worden – diesmal jedoch nicht auf Godwana, sondern auf den Transformer El Golea in der zentralen Sahara.

Seebeck mußte eingestehen, daß er nicht auf dem laufenden war.

„Ich denke, Morales ist noch am Auswerten."

In Brandis' Stimme schwang plötzlich Triumph mit.

„Ich habe Morales vor einer halben Stunde angerufen. Der Schuß, sagt er, war hundertprozentig. Das ist der erste wirkliche Erfolg, Martin. Wir haben gut daran getan, nicht erst auf Hauschildt zu warten. Das Risiko, das wir eingegangen sind, hat sich gelohnt."

Um diesen zweiten Probeschuß hatte es eine Kontroverse gegeben zwischen dem Ersten Ingenieur und dem Projektleiter. Morales hätte es lieber gesehen, den Übertragungsversuch so lange zu verschieben, bis Leo Hauschildt wieder assistieren konnte, doch Brandis hatte sich durchgesetzt.

Seebeck betrachtete den Commander in der verdreckten, schmucklosen Kombination.

„Du weißt jetzt, daß ihr es schaffen werdet, Mark?"

Brandis neigte ein wenig den Kopf.

„Wenn die Sektoren uns nicht im Stich lassen ..."

Über Brandis Gesicht glitt die Andeutung eines Lächelns. „Verdammt ja, Martin! Wir werden das Kind schon schaukeln." Brandis kippte den Kaffee in sich

hinein, wischte sich mit dem Handrücken über den Mund und stand auf. „Nur darf ich hier nicht Wurzeln schlagen."
„Was liegt an?"
„Sektor Sechs hat Trabbel mit dem Gestänge. Ich muß mal nach dem rechten sehen."
Brandis stülpte den Helm auf, winkte Seebeck noch einmal zu und zwängte sich in die Schleuse. Und zugleich begann der Lautsprecher, ihn zu rufen. Seebeck sprang auf, hämmerte gegen die Scheibe, und als Brandis sich in der engen Röhre mühsam umdrehte, machte er ihm die entsprechende Geste: eine Hand am Ohr, zwei zur lautlosen Tonmalerei bewegte Lippen: ANRUF. Brandis kam aus der Schleuse gekrochen, und Seebeck nahm ihm den Helm ab.
„Im FK, Mark."
Brandis stieg die Stiege hoch und trat ein. Der diensthabende Kommunikator hielt ihm einen Hörer entgegen.
„Ihre Frau, Sir. Ich fürchte nur ..."
Brandis hatte das Gespräch schon entgegengenommen.
„Ja, Ruth. Hier bin ich."
Aus dem Knistern der Sterne löste sich eine ferne Stimme:
„Mark, endlich! Ich ..."
Und dann war nur noch das Knistern da, der gedämpfte Donner gewaltiger energetischer Entladungen, die von einer Unendlichkeit in die andere zogen.

Brandis sah den Kommunikator an. Der hob die Schultern.

„So geht das schon die ganze Zeit, Sir. Kein Gespräch von der Erde kommt richtig durch."

Brandis gab ihm den Hörer zurück.

„Falls sie wieder anruft – ich lasse von mir hören, sobald ich kann."

12.

„Mark! ... Mark, hörst du mich? ... Mark!"
Es war sinnlos. Aus der Weite des Raumes kehrte kein Echo zurück. Es wurde verschluckt vom erbarmungslosen, gleichgültigen Knistern der Sterne. O Gott, wie Ruth dieses Knistern haßte!
Sie schaltete das Visiofon ab. Drei Stunden hatte es gedauert, bis man ihr, auf allerlei Umwegen, eine Verbindung mit *Intersolar* hergestellt hatte – und nun war das Gespräch gleich zu Anfang zusammengebrochen.
„Nichts?"
Ruth schüttelte den Kopf. Und dabei bemerkte sie, daß ihr Atem dampfte. Das Haus kühlte aus, die Kälte fraß sich durch die Wände.
„Kein Durchkommen, Mascha."
„Er wird zurückrufen."
„Er weiß ja nicht einmal, wo ich bin."
„Auf jeden Fall bist du erst einmal in Sicherheit und versuchst es später eben noch einmal."
Mascha Stroganow, die rundliche Frau des grauköpfigen Sibiriaken, der auf der *Henri Dunant,* dem Flagg-

schiff der UGzRR, unter Brandis als Navigator flog, kauerte vor dem kalten Kamin und stopfte ihn mit Scheiten voll.

In Sicherheit! Ruth wiederholte für sich die aufmunternden Worte. Und nun ließ sich darüber nachdenken, was weiter geschehen sollte.

Dieses Haus am Nordrand von Metropolis, das eher einem sibirischen Blockhaus glich als dem Bungalow eines gutverdienenden Astronauten, kam ihr plötzlich vor wie eine Festung der Geborgenheit.

Kein Homat der Welt würde sie hier aufspüren.

In der Wahl und Gestaltung seines Wohnsitzes schimmerte etwas von Iwan Stroganows Heimweh nach der sibirischen Taiga durch, aus der er stammte.

Das Haus, das er sich vor knapp zehn Jahren nach eigenem Entwurf hatte bauen lassen, lag in einem klimatischen Grenzgebiet von Metropolis – etliche Kilometer vor den Toren der eigentlichen Stadt. Das künstlich erzeugte subtropische Klima hörte hier auf, das natürliche gemäßigte begann. Die birkenbestandene Heidelandschaft, ein Stück Wildnis auf der künstlichen Insel, war mittlerweile aus dem Bebauungsplan herausgenommen und zum Erholungsgebiet erklärt worden. Stroganow zählte zu den wenigen Glücklichen, denen das Wohnen im Nordpark gestattet war.

Doch Sicherheit war nicht alles, wonach es Ruth verlangte.

Von dem, was im Zusammenhang mit dem ermordeten Professor Jakoby geschah, wußte sie nicht eben

viel – aber bereits das Wenige, was sie mittlerweile in Erfahrung gebracht hatte, war ungeheuerlich.
Mit ihrem Mann konnte sie nicht zu Rate gehen. Sollte sie noch einmal Harris anrufen? John Harris war nicht nur ihr Vorgesetzter, er war auch ein väterlicher Freund. Und überdies als Direktor der VEGA ein Mann, dessen Wort zählte. Ein Gefühl in Ruth sträubte sich dagegen. So wie die Dinge sich entwikkelten, bedeutete die VEGA nicht anders als der polizeiliche Notruf Gefahr. Wer immer den Homaten auf ihre Spur gesetzt hatte – er würde es auch ein drittes und viertes Mal tun.
Mascha Stroganow schien Ruths Unruhe zu spüren. Sie richtete sich auf.
„Du machst dir noch immer Sorgen, Ruth? Ich möchte dir helfen – aber das kann ich nur, wenn du dich mir anvertraust."
Ruth schüttelte den Kopf.
„Du bist sehr lieb, Mascha. Aber mit dem, was ich in der Hand habe, könntest du nichts anfangen. Wir sollten auf Boris warten. Er kann dann alles weitere in die Hand nehmen."
Mascha drängte nicht länger, es war nicht ihre Art.
„Boris weiß Bescheid", sagte sie. „Ich habe ihn angerufen. Er wäre schon hier, wenn er den Dienstwagen benutzen könnte. Aber auch beim MSD hütet man den letzten Tropfen. Boris kommt mit dem nächsten Bus."
Boris, der unverheiratete Sohn der Stroganows, war Ressortchef beim Militärischen Sicherheitsdienst der

EAAU. Brandis hatte ihn einmal in gutmütigem Spott „unseren sibirischen Menschenjäger" genannt. Boris hatte viel von seinem Vater mitbekommen: die wachen Augen; die zähe Geduld; und vor allem den Instinkt. Ruth kannte ihn nur flüchtig – einen ernsten jungen Mann mit fast noch breiteren Schultern als der Vater.
Ruth nickte.
„Er wird wissen, was zu tun ist. Er ist Spezialist."
Mascha musterte sie kritisch.
„Du siehst sehr mitgenommen aus, mein Kind. Nicht nur äußerlich. Im Schlaf hast du phantasiert. Wenn du willst, rufe ich den Arzt."
Es war der falsche Vorschlag. Ruth wies ihn sofort zurück.
„Meine Nerven sind in Ordnung, Mascha."
„Schön", sagte Mascha, „wenn du schon keinen Arzt willst, dann sollst du wenigstens tüchtig essen, Sobald Boris kommt, wird der Tisch gedeckt. Ich habe da eine Borschtsch, die nur noch aufgewärmt zu werden braucht. Du wirst dir die Finger lecken." Mascha Stroganow legte den Kopf schief. „Und der Hahn, der eine Treppe höher am Krähen ist, kann nur dein Junior sein."
Ruth lächelte.
„Es geht ihm besser. Die Bettwärme hat ihm geholfen."
„Es geht ihm besser", bestätigte Mascha, „und jetzt langweilt er sich. Im Schrank findest du Beschäftigung

für ihn. Ich habe mich nie entschließen können, den ganzen Kinderkram wegzuschmeißen."

Mascha zog sich in die Küche zurück, und Ruth versorgte Mark junior mit Bausteinen und etlichen Bilderbüchern.

Das Fieber, das den Jungen gequält hatte, war am Fallen. Er war wieder ganz munter. Als Ruth sich über ihn beugte, brabbelte er: „Ma – ma!", und schlang seine Ärmchen um ihren Hals.

Der Alptraum in der nachtdunklen Röhre war an ihm vorübergegangen, ohne schädliche Spuren zu hinterlassen. Und so konnte man hoffen, daß auch die in seinem Unterbewußtsein schlummernde Erinnerung an einen verfinsterten Himmel und an den Hungertod seiner Eltern mit der Zeit verblassen würde.

In Sicherheit! Das galt auch für ihn.

Und sobald Boris Stroganow sich dieses Homaten annahm, würde die Gefahr endgültig gebannt sein. Der MSD verfügte über fähige Mitarbeiter – und vor allem über einschlägige Erfahrung mit all diesen Kunst- und Halbmenschen, mit deren Entwicklung man sich teils mit behördlicher Bewilligung, teils heimlich sowohl in der EAAU als auch in den Vereinigten Orientalischen Republiken beschäftigte – angefangen mit den unheimlichen Totenkopf-Gardisten des Generals Smith im Bürgerkrieg, über die Egomaten aus den Geheimdienstretorten Asiens und die eigenwilligen MOBs aus der Zeit der Kilimandscharo-Katastrophe bis hin zu den „Mustern" und „Zwillingen" des gescheiterten

PANDORA-Projekts. Der Homat mit seinem Talent, seine äußere Erscheinung den jeweiligen Bedingungen und Erfordernissen anzupassen, mochte eine Novität auf dem Gebiet der Biomechanik darstellen – aber im Netz des MSD mußte selbst dieser raffinierte Eismensch sich alsbald verfangen.

Mark junior machte sich über das Spielzeug her.

Ruth trat ans Fenster.

Die Luft war voller Frost, der Himmel klar. Über Metropolis, dem gefeierten „Venedig des 21. Jahrhunderts" kreiste der Helikopter der Armee, der die Pioniere auf die Einstiegschächte der Metro verteilte. Die Rettungs- und Bergungsarbeiten waren immer noch im Gange.

Ruth hob den Blick.

Irgendwo in der unfaßbaren Weite des Raumes war eine Handvoll Menschen in einem Wettlauf mit der Zeit begriffen – zu weit entfernt selbst für das stärkste Fernrohr.

Ruth straffte sich. Was hinderte sie daran, das Gespräch mit *Intersolar* gleich noch einmal anzumelden?

Es blieb beim Vorsatz.

Als Ruth ins Kaminzimmer zurückkehrte, war Boris Stroganow bereits da.

Und das bedeutete, daß das Gespräch mit *Intersolar* nicht geführt zu werden brauchte – jedenfalls nicht sofort. Ihr Mann hatte dort oben ohnehin Probleme und Sorgen genug.

Boris Stroganow war über die Veranda gekommen

und hatte Schnee an den Schuhen. In der ihm eigenen lässigen Haltung lehnte er am Kamin. Mit seinen breiten Schultern und seinem ernsten, treuen Gesicht erinnerte er sehr an seinen Vater.
Ruth atmete auf.
„Boris. Gut, daß Sie da sind."
Boris Stroganow begrüßte Ruth mit einem aufmunternden Lächeln.
„Mutter sagte, Sie säßen da irgendwie in der Klemme, Mrs. O'Hara. Also bin ich gleich gekommen. Aber verlieren wir jetzt keine Zeit. Ich schlage vor: Sie setzen sich und erzählen mir, was los ist."
„Stört es Sie, wenn ich in Bewegung bleibe, Boris? Ich fürchte, wenn ich mich hinsetze, werde ich erfrieren."
„Ist Ihnen so kalt?"
„Grauenhaft. Also, womit soll ich anfangen?"
Boris bewegte die Schultern.
„Ich würde sagen: Fangen Sie einfach an, Mrs. O'Hara. Sortieren können wir dann später."
Ruth neigte den Kopf.
„Gut", sagte sie. „Sie wissen sicherlich, wer Professor Jakoby gewesen ist ..." Und als Boris nickte, fuhr Ruth fort: „Also, eigentlich begann alles damit, daß mein Mann, Commander Brandis, bevor er zur Baustelle zurückkehrte, Professor Jakoby aufsuchte, um ein technisches Problem zu besprechen. Ich begleitete ihn ..."
Wie tat das gut, sich die beklemmenden Ereignisse der letzten Tage von der Seele reden zu können! Ruth hielt

sich an den chronologischen Ablauf. Sie schilderte ihre Erfahrung mit dem falschen Captain Goldmund, ihre Flucht mit der Metro und sodann ihr Entsetzen, als sich der Taxifahrer, der sie zur VEGA bringen sollte, als der Homat entpuppte.
„Das Schlimme ist", schloß Ruth, „daß ich bald nicht mehr weiß, wem ich noch trauen darf."
Boris hatte bislang wortlos zugehört. Nun brach er sein Schweigen.
„Eines sollten Sie noch hinzufügen, Mrs. O'Hara – wie Sie darauf kamen, daß dieser Taxifahrer der Eismensch war."
Ruth runzelte die Stirn.
„Er war's. Ich habe ihn erkannt. Ich glaube, das passierte, weil er mich anfaßte. Sehen Sie, wenn ich *Sie* berühre ..."
Plötzlich kam sich Ruth töricht vor – zumal Boris damit beschäftigt war, sich Notizen zu machen. Ihre Hand fiel herab.
„Ich glaube, Sie verstehen mich, Boris."
Boris blickte auf.
„Sie haben Glück gehabt, Mrs. O'Hara – in beiden Fällen. So wie Sie mir den Homaten geschildert haben, ist er hochintelligent."
„Und er muß über Helfershelfer verfügen, Boris!" stellte Ruth mit Entschiedenheit fest. „Ich will Ihren Ermittlungen nicht vorgreifen – aber die Schlußfolgerung, die ich aus all diesen Ereignissen ziehe, ist die: Es steht mehr dahinter."

Boris, merkte sie mit Erleichterung, war der gleichen Ansicht.
„Davon müssen wir wohl ausgehen, Mrs. O'Hara – daß der Homat kein isoliert zu betrachtendes Ereignis darstellt."
„Aber was steckt dahinter?"
„Wir werden es herausfinden."
„Wissen Sie, Boris, was mir am meisten zu denken gibt, ist der Umstand, auf welche Weise der Homat motiviert worden ist – mittels Zellgewebe von Friedrich Chemnitzer."
Boris nickte.
„Sie haben den Beweis noch?"
„Den sprechenden Staub? Ja. Er ist oben."
„Holen wir ihn, Mrs. O'Hara."
Der würzige Duft einer echten Moskauer Rote-Beete-Suppe brach plötzlich, als Mascha die Tür aufmachte, wie eine Sturmwolke in das Zimmer.
„Also, ich weiß wirklich nicht ..." Mascha brach mitten im vorwurfsvoll klingenden Satz ab. Sie hatte ihren Sohn entdeckt. „Was – du bist schon hier? Und ich halte die ganze Zeit Ausschau nach dem Bus."
Boris schüttelte den Kopf.
„Ein Kollege mit einer Sondergenehmigung brachte mich raus, Mutter."
Mascha musterte den Fußboden.
„Wenn du schon über die Veranda kommst, Junge, dann putz dir wenigstens den Schnee von den Füßen. Es ist schon so kalt genug hier. Ruth, das arme Ding,

ist schon ganz blaugefroren." Maschas Blick wurde besorgt. „Du wirst mir doch nicht krank, Ruth?"
Es traf zu: Ruth verging vor Kälte. Aber sie war, so sagte sie sich immer wieder, nicht die einzige, die fror. Man mußte sich zusammennehmen und durchhalten, bis *Intersolar* die erstarrten Heizungen mit unerschöpflicher Wärme erfüllte. Ruth lächelte tapfer.
„Ein Teller heiße Suppe wird mich wieder auf die Beine bringen, Mascha. Wirklich, ich will euch keine Umstände machen. Wichtig war, daß Boris mich angehört hat."
Mascha schüttelte unwillig den Kopf.
„Boris hätte den Kamin anzünden sollen. Oder du selbst, Ruth. Es ist doch alles vorbereitet."
Boris trat ans Fenster, um die Mutter vorbeizulassen. Mascha bückte sich und riß ein Streichholz an.
Boris wiegte den Kopf.
„Und an morgen denkst du überhaupt nicht, Mutter? Wenn du heute schon alles Holz verfeuerst ..."
Mascha Stroganow blies die Flamme an.
„Morgen ist morgen", erwiderte sie. „Aber heute ist Ruth O'Hara bei uns zu Gast, und ich will nicht, daß sie sich den Tod holt."
Mascha stand auf.
„Erledigt, was noch zu erledigen ist – ich werde in ein paar Minuten den Tisch decken."
Mascha kehrte in die Küche zurück.
Ruth lächelte.

„Ihre Mutter, Boris, ist eine Seele von Mensch."
Der Kamin begann wohlige Wärme auszustrahlen. Ruth stellte sich davor und wärmte ihre Hände. Dann fiel ihr ein, daß es noch etwas Wichtiges zu tun gab, und sie sagte:
„Der Umschlag, Boris! Ich möchte, daß Sie ihn an sich nehmen. Kommen Sie!"
Boris antwortete nicht, und Ruth blieb vor der Treppe stehen und sah sich um.
Boris hatte gezögert. Nun, da er Ruths Ungeduld bemerkte, setzte er sich in Bewegung. Boris machte einen Schritt. Für den zweiten Schritt brachte er das Bein nicht hoch. Unmittelbar vor dem Kamin war sein Weg zu Ende.
„Boris, kommen Sie endlich!"
Boris wandte ihr mit ungeheurer Anstrengung das Gesicht zu. Sie sah seine Augen.
Und sie sah, wie er vor dem Kamin dastand: stocksteif, wie festgenagelt.
In seinen Augen glomm aller Haß der Welt.
Schon einmal hatte Ruth in diese Augen geblickt.
Sie schüttelte langsam den Kopf.
„Sie sind nicht Boris!" sagte sie. „Sie sind ..."
Sie empfand es selbst als sonderbar, daß sie diesmal nicht in Panik verfiel, sondern einen klaren Kopf behielt. Die Erkenntnis, daß der Homat als hoher Polizeibeamter auftreten konnte, war ein Schock gewesen. Und nach ihrer stundenlangen Irrwanderung durch das Röhrenlabyrinth der Metro hatte sie

kaum noch kaltblütig reagieren können. Diesmal blieb sie ruhig.
Mit kühler Gelassenheit überprüfte Ruth die Situation.
Dem Mann vor dem Kamin machte die Wärme zu schaffen. Sie lähmte ihn. Unter seiner Kunsthaut gingen gewichtige Veränderungen vor sich. Je länger die Hitze, die der Kamin ausstrahlte, auf ihn einwirkte, desto gründlicher verwandelte sich sein Inneres zu kompaktem Eis.
Es war wie bei der ersten Begegnung. In der Wohnung. „Captain Goldmund", der plötzlich in Schwierigkeiten geriet.
Nur hatte es der Homat diesmal mit der direkten Wärmestrahlung eines offenen Feuers zu tun.
Diesmal war die Lähmung total. Der Homat stand vor dem Kamin und konnte keinen Finger mehr rühren. Aber in seinem künstlichen Hirn rotierten die Befehle weiter.
Mascha, die Ahnungslose, hatte seine Pläne durchkreuzt. Der Spieß war plötzlich umgedreht. Der Eismensch war enttarnt – und darüber hinaus verdammt, als sein eigenes Denkmal dazustehen.
Und das bedeutete: Der Homat war ihr, Ruth, ausgeliefert. So lange jedenfalls, wie die Wärme im Zimmer vorhielt.
Ruths Blick richtete sich auf den Kamin. Das Feuer war am Niederbrennen. Mit raschem Entschluß griff Ruth in den Korb und legte zwei, drei Scheite nach.

Das Holz war frisch. Es zischte und qualmte und nahm die Flamme nur widerstrebend an. Schließlich begann es zu lodern.

Der Homat, der immer noch aussah wie Boris Stroganow, machte den Mund auf.

„Hören Sie auf!"

„Heize ich Ihnen ein?"

„Sie bringen mich um!"

„Sie sind Chemnitzers böser Geist. Warum verfolgen Sie mich?"

„Sie wissen zu viel. Aber wir könnten uns einig werden."

Die Worte kamen immer schleppender. Selbst die Stimme des Homaten litt unter der Lähmung.

Ruth schürte die Glut.

„Nicht!" sagte der Homat.

Ruth ließ sich nicht beirren. Ein Funkenregen stob aus dem Kamin. Der Homat stöhnte. Ruth musterte ihn ohne Mitleid.

„Reden Sie!" befahl sie. „Was ist Ihr Auftrag?"

Der Homat zog es vor, keine Antwort zu geben. Ruth streckte die Haus aus nach dem nächsten Scheit. Das machte ihn gesprächig.

„Hastings umbringen!" sagte er.

„Wie?" forschte Ruth.

Der Homat kämpfte um seine Existenz.

„Intersolar", brachte er hervor. „Commander Brandis."

„Wann?"

Er gab keine Antwort, sondern starrte sie lediglich haßerfüllt an.

Sie warf das Holz in den Kamin.

„Beim Zuschalten!" stöhnte er. „Hören Sie endlich auf!"

Er war nicht Boris Stroganow. Er war nicht einmal ein Mensch. Er war ein mit amorphem Eis gefüllter Homo automaticus auf Roboterbasis. Das einzige menschliche Element an ihm war ein mikroskopisch kleines Partikelchen Zellgewebe.

Ruth mußte sich das immer wieder sagen, um sich nicht von unbegründetem Mitleid zur Nachgiebigkeit verleiten zu lassen.

Was ihn gesprächig werden ließ, war nicht etwa Schmerz. Er hatte kein Empfinden. Doch sein Computerverstand riet ihm zur Geständnisfreudigkeit, um die sich anbahnende Schmelze in seinem Inneren zu verhindern.

Ruth stellte die nächste Frage.

„Wer gab Ihnen den Auftrag?"

Diesmal zögerte er nicht. Der Selbsterhaltungstrieb gehörte mit zu seinem Programm.

„Die *Reinigende Flamme*."

„Und was hat das mit meinem Mann zu tun – mit Commander Brandis?"

„Ich hasse ihn."

„Sie werden niemanden umbringen", sagte Ruth – immer noch mit jener sonderbaren Ruhe, von der sie sich seit ein paar Minuten erfüllt fühlte. „Sie werden kein Unheil mehr anrichten, weil ich Sie aufhalte."

Im Korb lag ein letztes Holzscheit. Ruth warf es in die Flammen, hob den Korb auf und stürzte hinaus. Von früheren Besuchen wußte sie, wo das Kaminholz gestapelt lag.

Sie füllte den Korb, faßte ihn mit beiden Händen und schleppte ihn ins Haus zurück. Der Korb war schwer, aber sie setzte ihn unterwegs kein einziges Mal ab. Sie keuchte durch den Flur, stieß die Tür zum Kaminzimmer auf – und blieb entsetzt stehen.

Das Feuer im Kamin war erloschen. Das letzte Scheit, das sie in die Glut geworfen hatte, schwelte unlustig.

Und es war kalt.

Die Tür zur Veranda stand sperrangelweit offen.

An den Spuren im Schnee ließ es sich ablesen, welch ungeheure Anstrengung es den Homaten gekostet haben mußte, sich aus der Erstarrung zu lösen. Der Wille, der in ihm steckte, war gewaltig. Er war erschreckend.

Ruths Blick folgte der Spur; sie führte zur Straße: anfangs mit dem abgezirkelten Schritt eines Roboters – doch schon nach ein paar Metern durch Frost und Kälte mit immer größer werdenden Sätzen.

Der Homat war noch nicht geschlagen. Im Augenblick hatte er es lediglich nötig, sich wieder in Form zu bringen – irgendwo, in einem sicheren Versteck.

Ruth stellte den schweren Korb ab.

Es war ein Fehler gewesen, ihn aus den Augen zu las-

sen. Sie hätte ihm einheizen müssen bis zu seiner Vernichtung – und wenn nicht mit Holz, dann eben mit Maschas Möbeln, mit den Büchern.
Die Chance war verpaßt.
Sollte sie jetzt auf den „echten" Boris Stroganow warten – immer in der Furcht, damit in die nächste Falle zu laufen, die der unheimliche Eismensch ihr stellte. Und da die *Reinigende Flamme* hinter ihm stand, mußte sie damit rechnen, daß die Verschwörer überall anzutreffen sein konnten – auch in den Reihen des MSD...

Als Mascha Stroganow eine Weile später ins Kaminzimmer kam, um den Tisch zu decken, fand sie darauf einen eilig beschriebenen Zettel vor.
Sei lieb, kümmere Dich um Junior. Später erkläre ich Dir alles. Ruth.
Dann fuhr draußen der Bus vor, und Mascha traute ihren Augen nicht, als sie ihren Sohn aussteigen sah – Boris Stroganow, der doch eben schon zu Hause gewesen war.

13.

Im ungeheizten Reisebüro war es ebenso kalt wie anderswo auch, und wenn es nach dem Willen der Verkäuferin hinter dem Buchungscomputer gegangen wäre, hätte der Laden gar nicht erst zu öffnen brauchen. Aber er gehörte nun einmal zu jenen staatlichen und halbstaatlichen Dienstleistungsbetrieben, die auch in dieser Krisenperiode nicht geschlossen werden durften. Und deswegen summte der Buchungsautomat.
Der Blick der Verkäuferin ging durch eine Lücke zwischen den Eisblumen auf der Schaufensterscheibe hinaus zu der rothaarigen Frau, die seit einiger Zeit offenbar entschlußlos unter der Hochstraße stand und dann und wann herübersah.
Für die ungewöhnliche Kälte, von der Metropolis heimgesucht wurde, war die Frau, fand die pelzvermummte Verkäuferin, viel zu leicht angezogen.

Ruth O'Hara fror in der Tat zum Gotterbarmen. Und sie hielt sich kaum auf den Beinen. Sie war erschöpft,

müde, hungrig. Und sie fror. Den Bus zu nehmen, hatte sie nicht gewagt – in der nicht unbegründeten Furcht, darin wieder auf den Homaten zu stoßen. Sie war zu Fuß gegangen, den langen weiten Weg. Und jetzt stand sie hier, unter der Hochstraße, wo es nicht ganz so windig war, warf ab und zu einen Blick hinüber zum Reisebüro und versuchte sich im übrigen davon zu überzeugen, daß niemand ihr gefolgt war.
Sie spürte, wie die entsetzliche Kälte ihre Gedanken lähmte – und sie war sich darüber im klaren, daß sie Gefahr lief, im Stehen einzuschlafen. Dabei benötigte sie dringender denn je einen klaren Kopf.
Woran hatte sie eben noch gedacht?
Es war wichtig gewesen.
Richtig!
Sie mußte sich damit abfinden, in diesem Duell mit dem Homaten auf keine fremde Hilfe rechnen zu können.
Nicht, daß es niemanden gab, den sie hätte anrufen können.
Da gab es Freunde, da gab es Kollegen.
Was sie davor zurückhielt, war bittere Erfahrung. Das Visiofon war zu einem Instrument geworden, das sie meiden mußte. Es konnte kein Zufall sein, daß ihr der Homat immer so dicht auf den Fersen war. Hinter ihm stand eine Verschwörung. Und die Verschwörer kontrollierten bereits einen der wichtigsten Nervenstränge der Stadt, die Kommunikation.
Und nun warteten sie auf den Präsidentenmord als Si-

gnal, um aus ihren Löchern herauszukommen – all diese fanatischen Spießer, die sich in Uniform werfen mußten, um etwas zu sein.
Wem überhaupt durfte sie trauen?
Bevor Mascha den Kamin anzündete, hatte sie wirklich geglaubt, Boris Stroganow vor sich zu haben – wie er leibte und lebte.
Und wie geschickt er gewesen war – im unauffälligen Abwehren ihrer Berührung, die ihn hätte entlarven können.
In welcher Gestalt würde der Homat das nächste Mal auftauchen?
Als Sicherheitsbeauftragter der VEGA, Henry Jackson?
Als Direktor der VEGA, John Harris?
Oder wieder als Taxifahrer?
Ruth schauderte.
Einmal würde sie ihn zu spät erkennen, und dann...
Ruth schauderte.
Er konnte ebenso gut jener alte Mann sein, der soeben an der nächsten Kreuzung über die verschneite Straße hinkte.
Der Homat war im Vorteil.
Er war von einer hochgradigen kriminellen Intelligenz und überdies wandlungsfähiger als jedes Chamäleon.
Und die ihm aufgepfropften Elemente Haß und Rachsucht trieben ihn im Verbund mit seinem Programm voran.
Ruth klammerte sich an den Faden der Überlegung.

Das Risiko, noch einmal zu versuchen, *Intersolar* auf dem Visiofonweg zu erreichen, war zu groß – jedenfalls von Metropolis aus.
Ruth hob langsam den Kopf.
Den Anbruch der Dunkelheit hatte sie nicht bemerkt. Aber die schmale Sichel des Mondes hatte sie an etwas erinnert, was ihr schon wieder zu entgleiten begonnen hatte: den Gedanken an Las Lunas, an die dortige Raumnotwache der UGzRR, deren beurlaubter Erster Vormann ihr Mann war.
Auf einmal wußte Ruth wieder, was sie zu tun hatte.
Sie mußte sich durchschlagen nach Las Lunas, zur Raumnotwache, um von dort aus gefahrlos in Verbindung zu treten mit *Intersolar*. In der Raumnotwache würde sie auf gute Bekannte stoßen, auf Freunde ihres Mannes.
Und wenn sie nicht schon völlig durcheinander war, dann startete die *Astoria* zu ihrem allwöchentlichen Mond-Venus-Flug in wenigen Stunden.
Deswegen also stand sie, Ruth O'Hara, hier und beobachtete die Straße und das Reisebüro.
Sie kam zu einem Entschluß.
Die pelzvermummte Verkäuferin nahm maulend die Hände aus dem Muff.
„Ja?"
„Eine Buchung für die *Astoria* nach Las Lunas!" sagte Ruth.
„Für heute abend?"
„Für heute abend."

„Das Schiff startet um 21.15 Uhr. Wissen Sie, wie spät es jetzt ist?"
„Ich weiß."
„Die Taxis sind uns gestrichen worden. Sie müßten schon selber sehen, wie Sie zum Flughafen kommen."
Ruth beherrschte sich, um nicht noch schärfer zu werden:
„Ich brauche nur das Ticket."
Die Verkäuferin musterte die Kundin mit beleidigtem Blick.
„Las Lunas. Und auf welchen Namen?"
„Ruth O'Hara."
Die Verkäuferin machte sich über den Buchungsautomaten her.
„Und die Zahlungsweise, Mrs. O'Hara?"
Ruth warf ihr eine Kreditkarte hin.
„Beeilen Sie sich!"
„Also, wenn Sie mich fragen", maulte die Verkäuferin, „dann schaffen Sie's sowieso nicht mehr. Aber das Ticket sollen Sie haben."
Eine Minute später hielt Ruth das bestätigte Ticket nach Las Lunas in der Hand und verließ das Reisebüro. Es war 18.04 Uhr, und der Raumflughafen lag ganz am anderen Ende der 50-Millionen-Stadt. Zu Fuß war das wirklich nicht zu schaffen – ein Viertagemarsch.
Die Verkäuferin, die der seltsamen Kundin die Tür aufhielt, sagte jetzt etwas freundlicher:

„Versuchen Sie's mal mit dem City-Sub. Da soll so 'ne Art Notdienst eingerichtet werden."
Ruth O'Hara wandte kurz den Kopf.
„Danke", sagte sie.

Es war 21.11 Uhr, und der Herr im grauen Mantel, der den Schalter der Abfertigung blockierte, traf keine Anstalten, sich zu beeilen. Langsam und umständlich nahm er seine Bordkarte in Empfang.
Er sah aus, als ob er solche Reisen häufiger unternähme. Er sah aus wie ein Mann mit Erfolg und Geld – gut gekleidet, parfümiert, mit einem Schuß Brutalität im Gesicht. Und mit den Manieren eines Gentlemans.
„Nur ein Narr fliegt zur Venus", sagte er, „wenn er sich mit der Venus in Person schon hier verabreden könnte."
Das Mädchen in der blauen Uniform errötete.
„Laufband 17, Mr. Meier", sagte sie. „Und gute Reise."
Der Herr lüftete den Hut.
„Ich werde zurückkehren und Sie an unsere Verabredung erinnern."
Ruth schob ihr Ticket durch den Schlitz.
„Bitte, machen Sie rasch!"
Das Mädchen in der blauen Uniform blickte auf.
„Haben Sie Gepäck, Mrs. O'Hara?"
„Nein."
„Lassen Sie sich von der Stewardess einen Bordki-

mono geben, Mrs. O'Hara. Es wird kalt sein im Schiff."

Ruth steckte den Bordchip ein.

Es war mittlerweile 21.14 geworden.

„Laufband 17, Mrs. O'Hara", sagte das junge Mädchen in der blauen Uniform. „Ich sage an Bord Bescheid, daß man auf Sie warten soll."

Das Laufband war mit der Gangway gekoppelt. Sobald man es verließ, befand man sich an Bord der *Astoria*.

Ruth entsann sich einer anderen Reise.

Damals war der Luxusliner, der schon seit Jahren mit der Regelmäßigkeit einer Fähre zwischen der Venus und der Erde hin und her pendelte, in einen riesigen funkelnden Diamanten verwandelt gewesen, und in seinem Inneren war man von wohltuender Temperatur und dezenter Musik empfangen worden.

Inzwischen reiste nur noch, wer unbedingt reisen mußte, meist in dienstlicher Mission. Das Reisen war zur Strapaze geworden, denn auch die *Astoria* sparte: Alle nicht unbedingt notwendigen Beleuchtungselemente waren abgeschaltet, und die strenge Kühle, die einem auf dem Empfangsdeck entgegenschlug, verriet, daß die meisten Heizungen gedrosselt waren.

Die Chefstewardess war vom Herrn im grauen Mantel mit Beschlag belegt.

„Und sorgen Sie dafür, daß ich unbelästigt bleibe. Ich möchte arbeiten."

„Sie können sich darauf verlassen, Mr. Meier."

Die Chefstewardess winkte einen der automatischen Bordpagen zu Mr. Meier heran und wandte sich an Ruth.
„Mrs. O'Hara, jetzt bin ich für Sie da."
Ruth sah dem Herrn im grauen Mantel nach, der in Begleitung des Pagen seiner Kabine zustrebte.
„Wer ist das?"
Die Chefstewardess hob leicht die Augenbrauen.
„Oh, Mr. Meier? So viel ich weiß, hat er etwas zu tun mit der TOTAL-Film-Gesellschaft, ist dort Vizedirektor oder etwas in der Art. Er wohnt mit Ihnen auf dem gleichen Deck."
Die Chefstewardess steckte den Bordchip in den Kontroll-Computer.
„Ist das richtig, Mrs. O'Hara – Sie steigen schon in Las Lunas aus?"
„Ja", sagte Ruth. „Wann etwa kommen wir dort an?"
Die Chefstewardess der *Astoria* wiegte den Kopf.
„Kommt darauf an, was uns unterwegs erwartet, Mrs. O'Hara. Der Komet Daniel hat eine Menge Dreck im Raum abgeladen. Unter Umständen müssen wir ausweichen. Auf jeden Fall wecken wir Sie früh genug. Wenn Sie sich jetzt Ihrem Pagen anvertrauen wollen ..."
Ruth ließ sich die Kabine zeigen.
Auf der *Astoria* gab es luxuriösere Kabinen als diese – aber wahrscheinlich waren die ebenso schlecht beheizt. Ruth fiel ein, daß sie vergessen hatte, sich einen

gefütterten Bordkimono geben zu lassen. Sie setzte sich in den Sessel und zog die Knie an den Leib.
So blieb sie sitzen, bis das Signal zum Anschnallen kam.
Wenig später hob die *Astoria* ab.
Ruth saß vor dem Fenster und blickte hinab auf die zurückbleibende Riesenstadt. Mitten im Atlantik war sie einmal ein gleißendes Lichtermeer gewesen – so strahlend, daß man sie an gewissen Tagen noch auf dem Mond mit unbewehrtem Auge erkennen konnte. Nun glich sie einer trüben Petroleumfunzel unmittelbar vor dem Erlöschen.
Würden die guten Zeiten je zurückkehren?
Ruth fühlte sich in den Sessel zurückgepreßt, als die *Astoria* auf vollen Schub schaltete.
Das Schiff tauchte ein in die Wolken, stieg höher, durch die Wolken hindurch, und klomm mit ständig wachsender Geschwindigkeit dem bestirnten Himmel entgegen.
Ruth atmete auf.
Sie hatte es geschafft, Metropolis zu verlassen, während der Homat noch nach ihr suchte. Sie war auf dem Wege nach Las Lunas.
Und dort, in der Raumnotwache der UGzRR, würde sie auf zuverlässige Mitarbeiter ihres Mannes treffen, denen sie sich anvertrauen konnte.
Ihr Mann mußte endlich erfahren, welche Rolle im Plan der Verschwörer *Intersolar* zugedacht war. Bislang war er ahnungslos.

14.

Vor dem Sektor Vier hatte Brandis die Fahrt aus dem Scooter genommen.
Noch vor ein paar Stunden war er davon überzeugt gewesen, den Erfolg fest in den Händen zu halten.
Dieser Rückschlag stellte alles wieder in Frage.
Die Ursache des Unfalls trieb unschuldig glitzernd durch den Raum – eine Handvoll Trümmerstücke, abgesprengte Spiegelfolie. Trümmerstücke, die spitz wie ein Dolch sein konnten und scharf wie ein Rasiermesser.
Brandis blickte den Mordgeschossen mit trockenem Mund nach, wie sie sich da, von so gut wie keinem Widerstand gebremst, tiefer und tiefer im leeren Raum verloren, treibende Materie auf endloser Wanderschaft im Bannkreis der Sonne.
Vielleicht würde eine spätere Raumfahrergeneration auf diese paar Fremdkörper im Raum aufmerksam werden, sie auflesen und analysieren, um aus ihnen Rückschlüsse zu ziehen auf eine längst untergegangene Kultur. Vielleicht ...

Die Kette der Unfälle riß nicht ab. Und fast immer lag es an der Untauglichkeit des angelieferten Materials und am Mangel an geeigneten Arbeitsrobotern, der einen zwang, Maschinen durch Menschen zu ersetzen. Drei dringende LTs – zwei an die Golim-Werke, eins an Professor Jakoby persönlich – waren unbeantwortet geblieben. Und auch die überholten Engineer-II-Roboter waren nicht eingetroffen.

Brandis zog Bilanz.

Es half nichts, daß man die verwundenen Platten immer wieder befestigte: Mit der Zeit splitterten sie doch. Wenn man den Zuschalttermin halten wollte, kam man an einer Radikallösung nicht vorbei: Den ganzen Plunder wieder abzureißen und durch geeigneteres Material zu ersetzen.

Brandis' Blick erfaßte die rote Kristallspur, die den Trümmerstücken folgte. Auch die roten Kristalle funkelten in der Sonne.

Er sah eine solche Spur unter den Sternen nicht zum ersten Mal: kristallisiertes Blut.

Brandis' Blick wanderte weiter. Die Arbeit am Sektor Vier ruhte. Die Monteure hatten sich in sichere Entfernung zurückgezogen. Aus ihrer Schar löste sich nun der Vorarbeiter und kam heran. Es sah aus, als ritte er auf einem Feuerstrahl. Vor dem Scooter stoppte er das Antriebsaggregat auf seinem Rücken und hob den Kopf. Die Scheibe seines Helmes war von innen beschlagen – vor Aufregung? von zu vielem Reden? –, das Gesicht dahinter ein verschwommenes weißes Oval.

„Wir haben Mr. Hauschildt in die Schute geschafft, Sir. Erst einmal."

Auf jeden Fall war der verletzte Ingenieur aus der Kälte heraus. Brandis stimmte der getroffenen Maßnahme stillschweigend zu.

„Wie ist es passiert?"

Der Vorarbeiter wackelte mit dem behelmten Kopf.

„Einfach so, Sir."

„Einfach so?"

„Mr. Hauschildt wollte eine Verspannung beseitigen – wie wir's alle naselang tun müssen –, und die Chose explodierte bei der ersten Berührung. Es hat ihn übel erwischt. Am Bein, an der Hüfte, an der Schulter – also, ich weiß nicht mal, wo überall. Er ist dann auch abgetrieben. Als wir ihn schließlich eingeholt hatten, haben wir ihn gleich abgedeckt."

Die Leute hatten Erste Hilfe geleistet und den jungen Hauschildt in eine Isolierdecke gehüllt, um zu verhindern, daß durch den zerfetzten Anzug noch mehr grausame Kälte in die Wunden eindrang, die, von eben dieser Kälte versiegelt, gerade einen Pulsschlag lang geblutet hatten.

„War er bei Bewußtsein?"

„Nein, Sir."

So war es meist. Der Kälteschock lähmte das Nervensystem. In gewisser Weise war das für die Betroffenen

ein Segen. Bedauernswerter waren diejenigen, die ihr qualvolles Sterben mit wachen Sinnen verfolgen mußten. Die Fälle, in denen es der ärztlichen Kunst gelungen war, einen derart Verletzten durchzubringen, waren rar.
Und das, obwohl die Medizin in den letzten Jahren rapide Fortschritte gemacht hatte – Fortschritte, die vor allem ihren Niederschlag fanden in der Ersatzteilchirurgie und der Biotechnik.
Vor einem so simpel anmutenden Raumunfall jedoch mußte sie fast immer kapitulieren.
Brandis schluckte. Er schluckte seine Erschütterung hinunter, seinen Zorn auf alle diejenigen, die ihn immer wieder im Stich ließen, seine vorübergehende Entschlußlosigkeit.
Es lag an ihm, das letzte Wort zu sprechen.
Was hier geschah, ließ sich nicht länger verantworten. Unfälle konnten sich zu jeder Zeit und an jedem Ort ereignen – doch hier hieß es, wider besseres Wissen und Gewissen Menschen für einen immer fraglicher werdenden Zeitgewinn zu opfern.
„Schicken Sie die Leute in die Quartiere", ordnete er mutlos an. „Für heute ist Schluß."
Nur für diesen einen Tag? Ohne den Sektor 4 würde es kein Zuschalten geben. Brandis sah die Konsequenzen, als er den Scooter startete, um Kurs zu nehmen auf die Schute.
Dort war schon – er registrierte es mit Erleichterung – die Ambulanz längsseits gegangen.

Der Mensch würde nie aufhören, auf ein Wunder zu hoffen.

Der Scooter saugte sich fest, Brandis zwängte sich durch die Schleuse und riß sich im Inneren der Schute den Helm vom Gesicht.

Der junge Hauschildt lag entkleidet auf dem Tisch; sein Gesicht war starr und wächsern. Dr. Kohn, der Projektarzt, war damit beschäftigt, ihn zu untersuchen. Die beiden Sanitäter, die mit ihm gekommen waren, assistierten.

„Wird er durchkommen, Doc?"

Dr. Kohn gab Auskunft, ohne aufzublicken:

„Kaum, Commander."

Brandis preßte die Lippen aufeinander. Eigentlich hätte er an Tod und Sterben unter den Sternen längst gewöhnt sein müssen. Die Gewöhnung wollte ihm nie gelingen. Jedesmal wieder war es der gleiche Schock.

Vor einer knappen Stunde noch hatten der junge Ingenieur und er in eben dieser Schute bei einer Tasse Kaffee die Pläne begutachtet ...

... ach, verdammt!

Und immer wieder stand man da und konnte nicht helfen!

Und immer wieder trug man plötzlich an seiner Verantwortung wie an einem bleischweren Kreuz ...

„Keine Chance, Doc?"

Dr. Kohn antwortete nicht sofort. Er ließ sich Zeit, die Auskunft zu überdenken.

„Eine minimale Chance würde ich ihm schon geben",

sagte er schließlich, „aber auch nur dann, wenn Sie ihn nicht meiner Obhut überlassen. Unter den Sternen bin ich nichts als ein gewöhnlicher Feld-, Wald- und Wiesendoktor. Was Frank Hauschildt jetzt braucht, wäre ein Spezialist."
Brandis nickte.
Dr. Kohn war ein guter Arzt. Daß er zugab, in diesem Fall überfordert zu sein, sprach für ihn.
„Und was schlagen Sie vor?"
Dr. Kohn ging zum Wasserhahn, um sich die Hände zu waschen.
„Das Georgius-Hospital in Metropolis wäre optimal – aber ich fürchte, unser Patient würde die lange Anreise nicht überstehen. Andererseits – Dr. Hudson, der im Georgius-Hospital die Unfallchirurgie unter sich hat, gilt als Koryphäe auf diesem Gebiet."
„Dr. Hudson hat sich, so viel ich weiß, auf die Venus versetzen lassen", sagte Brandis. „Offenbar nimmt man dort weniger Anstoß daran, daß ein Mann in seiner Position eine VOR geheiratet hat – Captess Kato, die früher unter mir geflogen ist. Ich kenne auch Dr. Hudson, ein guter Arzt."
Ein Sanitäter nickte bestätigend.
Dr. Kohn fuhr plötzlich herum.
„Dann, verdammt, Sir", sagte er, „vertrödeln wir hier weiter keine Zeit! Schaffen wir unseren Patienten zur Venus!"
Brandis nahm den Helm wieder auf.
„Ich werde die *Rapido* klarmachen lassen, Doktor. Im

Augenblick ist sie unser schnellstes Schiff. Sie sorgen dafür, daß der Junge an Bord gebracht wird."

Brandis kam in die Zentrale, nahm den verschwitzten Helm ab, zerrte an den Magnet-Verschlüssen des plumpen Raumanzuges und betrat die Kleiderkammer.
Jemand war darin beschäftigt, sich für den Ausstieg vorzubereiten. Brandis erkannte ihn erst, als er angesprochen wurde:
„Wie geht es ihm?"
Brandis wandte sich um.
„Wir tun, was wir können, Leo", sagte er.
Leo Hauschildt legte sich die Kombination zurecht, um mit den Füßen hineinzusteigen. Im grellen Licht, das durch das Bullauge fiel, sah man das Elend in seinem Gesicht.
„Er ist auf der Schute, nicht wahr? Ich will zu ihm."
Brandis legte dem unglücklichen Vater beide Hände auf die Schultern.
„Er ist längst an Bord der *Rapido*", sagte er. „Dr. Kohn schickt ihn zur Venus, in die Obhut eines Spezialisten. Dort hat er eine größere Chance als hier. Chesterfield bereitet den Flug gerade vor. Ein Sanitäter könnte mitfliegen – aber besser wär's, Sie würden das tun."
Hauschildts Augen leuchteten auf.
„Man wird den Jungen durchbringen? Hat Dr. Kohn das gesagt?"

„Man wird es versuchen, Leo."
„Natürlich fliege ich mit."
Brandis' Hände schlossen sich fester um Hauschildts Schultern. Was er empfand, legte er in diesen Druck hinein, all das, was sich anders kaum ausdrücken ließ: sein Mitgefühl, seine Trauer – und seine Hoffnung.
„Leo", sagte er rauh, „es tut mir leid. Gott ist mein Zeuge, daß es mir leid tut. Aber Gott kennt auch den Grund, weshalb das geschah. Und weshalb wir überhaupt hier sind. Wir dürfen nicht aufgeben."
Hauschildts Hand machte eine mutlose Bewegung.
„Alles hängt am Sektor 4", sagte er.
„Ja", bestätigte Brandis. „Wir sitzen fest. Das Material, das man uns geliefert hat, taugt nichts. Hunderttausend Quadratmeter, die nichts taugen! Aber Sie könnten für Abhilfe sorgen."
„Ich?"
„Mittels einer Vollmacht, die ich Ihnen auf den Weg gebe. Die Vollmacht müßte genügen. Wenn nicht..."
Hauschildt blickte verständnislos.
„Worauf wollen Sie hinaus, Commander?"
Brandis klärte ihn auf.
„Erinnern Sie sich daran, daß General Smith in der Zeit des Bürgerkrieges, um den Unseren die Landung zu erschweren, auf der Venus sogenannte Lichtfallen errichten ließ?"
Hauschildt schwieg. Ein paar Kabellängen weiter, auf der *Rapido,* kämpfte sein einziger Sohn gegen den eisi-

gen Tod in seinem Körper. Wahrscheinlich war er mit seinen Gedanken bereits dort.

„Leo", sagte Brandis, „reißen Sie sich zusammen! Sorgen Sie dafür, daß die Lichtfallen abgebaut werden. Ich brauche das Material hier. Schon, damit sich solche Unfälle nicht wiederholen. Ich hätte sonst Ihren Jungen beauftragt. Das ist jetzt nicht mehr möglich."

Hauschildt blickte plötzlich auf.

„Hunderttausend Quadratmeter?"

„Hunderttausend Quadratmeter, Mr. Hauschildt."

„Die Lichtfallen gehören zum Verteidigungsgürtel der Venus, Commander. Der Gouverneur wird sein Veto einlegen."

Brandis wischte den Einwand hinweg.

„Dann, Mr. Hauschildt, schnappen Sie sich das nächste Visiofon und schildern dem Präsidenten der EAAU, was hier los ist. Ich brauche hunderttausend Quadratmeter Spiegelfolie – oder der Ofen ist endgültig aus. Hastings ist ein vernünftiger Mann. Er wird den Gouverneur schon davon überzeugen, daß die VORs gleichfalls andereres zu tun haben, als seinen kostbaren Planeten zu attackieren."

„Und die Transportfrage, Sir?"

„Bespreche ich mit Chesterfield, Ihrem Piloten." Brandis sah auf die Uhr. „Die *Rapido* dürfte gleich startklar sein. Holen Sie Ihr Gepäck."

Gregor Chesterfield saß an einem Tisch in der Messe und studierte den kosmischen „Wetterbericht", den er

sich im Funkraum verschafft hatte. Im schmucklosen Bordoverall, den er trug, sah er älter aus, als er in Wirklichkeit war – älter und strenger.
Brandis setzte sich zu ihm.
„Für welche Route haben Sie sich entschieden, Gregor?"
Chesterfield blickte flüchtig auf.
„Da wir in Eile sind, Sir – für die direkte. Auch wenn sie verbunden sein wird mit höllischem Aufpassen."
„Dreck auf der Piste?"
Beide waren sie Piloten. Sie sprachen die gleiche Sprache. *Dreck auf der Piste,* das stand für: Meteoritenstürme, wandernde Staubnebel, Kometenschutt.
„Eine Besenkolonne hätte reichlich zu tun, Sir."
„Kein Risiko, Gregor."
Gregor Chesterfield klappe die Mappe zu.
„An meiner Stelle, Sir", erkundigte er sich ruhig, „welche Route würden *Sie* wählen?"
Brandis musterte den schmalen Jungen im Pilotendress aus nachdenklichen Augen, bevor er sich die Antwort abrang:
„Die direkte."
Chesterfield nickte und stand auf.
„Dann sind wir uns ja einig, Sir."
„Gut", sagte Brandis. „Aber das ist noch nicht alles. Hören Sie jetzt gut zu! Franks Vater wird den Transport begleiten."
„Wenn er nicht die Nerven verliert."
„Leo Hauschildt wird sich zusammennehmen, Gre-

gor. Er weiß, was von ihm abhängt – von ihm und von den hunderttausend Quadratmetern Spiegelfolie, die er für uns auftreiben muß."
Chesterfield wirkte verblüfft.
„Auf der Venus, Sir?"
Etwas in Brandis' Stimme ließ ihn spüren, daß er gut daran täte, sich mit einer knappen Auskunft zufrieden zu geben.
„Die Lichtfallen. Ich fordere Pioniere an, um sie auseinanderzunehmen. Sie schaffen mir die Folien hierher."
Chesterfield gab sich gelassen, als er widersprach.
„Eine *Rapido,* Sir – mit Verlaub gesagt – ist kein Transporter."
Brandis nickte.
„Aber sie ist schnell."
„Das ist sie, Sir."
„Reißen Sie die Trennwände heraus, Gregor! Werfen Sie alles über Bord, was für den Rückflug nicht unbedingt notwendig ist. Sie werden eine Menge Stauraum brauchen", sagte Brandis. „Und jetzt Mast- und Schotbruch, mein Junge! Zu viel Zeit geht verloren."
Brandis begleitete Chesterfield zur lichtdurchfluteten Einstiegsröhre, die sich von der Zentrale als gläserne Brücke hinüberspannte zum Schiff. Davor war Dr. Kohn damit beschäftigt, dem Vater des Patienten letzte Instruktionen mit auf die Reise zu geben.
Chesterfield sagte: „Es geht los, Mr. Hauschildt!" und begab sich an Bord der *Rapido.*

„Ja", sagte Hauschildt, nahm seine Reisetasche auf und eilte hinterher. Nach ein paar Schritten blieb er stehen und wandte sich um. Als er zu sprechen begann, klang seine Stimme belegt. „Sir, Sie können sich auf mich verlassen – daß ich Ihnen das Material heranschaffe. Aber ich sollte nicht abreisen, ohne Ihnen zu gestehen, daß ..."

Leo Hauschildt wurde von Dr. Kohn daran gehindert, auszusprechen, was ihm auf der Seele brannte, und sich schuldig zu bekennen. Der Arzt schnitt ihm das Wort ab.

„Bitte, Mr. Hauschildt!" sagte Dr. Kohn. „Lassen Sie nicht auf sich warten."

Hauschildt schluckte, wandte sich um und verschwand im Einstieg der *Rapido*.

15.

Vor einer guten Weile schon hatte an Bord der *Astoria* der Gong die Passagiere in den Speisesaal gerufen, doch noch immer konnte sich Ruth O'Hara nicht entschließen, der Aufforderung Folge zu leisten.
Eingewickelt in eine Decke, saß sie in ihrer Kabine am Fenster, und ihr war, als hielte der Mond, während er, ebenso wie er vor etlichen Stunden größer und größer geworden war, jetzt kleiner und kleiner wurde, ihren Blick mit hypnotischer Gewalt fest.
Und dabei registrierte der Blick doch nur immer wieder die eine unumstößliche Tatsache: daß die *Astoria* ihren Kurs geändert hatte, um den Erdtrabanten, ohne ihn berührt zu haben, hinter sich zurückzulassen.
Die Ankündigung war in der Frühe des Tages erfolgt, in Form einer Durchsage über alle Lautsprecher:
„... erhielten Weisung, aus Gründen der Treibstoffeinsparung die Zwischenlandung in Las Lunas zu streichen, da dort ein Nachbunkern neuerdings nicht möglich ist. Passagiere, die von der Maßnahme betroffen sind,

bitten wir um Verständnis. Die Reisekosten werden ihnen nach Landung in ..."

Auch in Las Lunas waren die Lichter am Erlöschen. Pietro Anastasia, der zwielichtige Regierende Bürgermeister des lunaren Spieler-Eldorados, das, nachdem sich die beiden rivalisierenden Machtblöcke auf der Erde, EAAU und VOR, auf eine Neutralisierung des Erdtrabanten geeinigt hatten, wie ein giftig-schöner Pilz am Fuß des Monte Cordillera aus dem Staub gewachsen war – Pietro Anastasia hatte angeordnet, an die *Astoria* keinen Treibstoff abzugeben. Das konnte man verstehen. Las Lunas war ein luxuriöser Parasit, eine Stadt, die vor Reichtum überquoll – und doch mit allem, was für ihre Existenz zur Grundlage gereichte, versorgt werden mußte. Die Energiekrise, von der die Erde heimgesucht wurde, wirkte auf den Pilz wie tödlicher Wurmbefall.

Ruth war auf der Brücke gewesen, um gegen die Abänderung des Flugplanes zu protestieren. Es hatte ihr nichts genutzt – weder ihr, noch den drei oder vier anderen Passagieren, die in Las Lunas hatten aussteigen wollen.

„Mrs. O'Hara, bei allem Verständnis – wir haben strikte Weisung ..."

Und die *Astoria* hatte dem Mond das Heck zugekehrt und direkten Kurs genommen auf die Venus.

Ruth mußte sich ins Unvermeidliche fügen.

Sollte sie den Kommandanten der *Astoria* ins Vertrauen ziehen? Sie schreckte davor zurück. Er war ein

Fremder für sie. Nein, besser nicht. Dann war es schon sicherer, bis zur Landung auf der Venus zu warten und sich an die dortige Abteilung der UGzRR zu wenden, an Leute, die mit ihrem Mann seit Jahren zusammenarbeiteten und die sie kannte.
Ruth war zu einem Entschluß gekommen. Auf einmal war es ihr möglich, sich aus der Hypnose zu lösen, die der Mond auf sie ausübte.
Der Homat sollte sie nicht unterschätzen. Mit Hilfe zuverlässiger Verbündeter sollte es ihr gelingen, ihm das Handwerk zu legen, bevor er seinen Mordplan ausführen konnte.
Ruth warf die Decke ab, stand auf, trat kurz vor den Spiegel, um das Haar zu ordnen, und ging endlich zum Mittagessen.
In den schmalen Gängen war es fast noch kühler als in den Kabinen. Die meisten Beleuchtungskörper waren abgeschaltet, der Aufzug zum Oberdeck außer Betrieb. Ruth stieg die Treppe hinauf und betrat den Speisesaal mit seinem imposanten gläsernen Aussichtsdach.
Ein Kellner im Frack schoß auf sie zu.
„Mrs. O'Hara ..."
„Ich glaube, ich habe mich verspätet."
„Macht nichts, Mrs. O'Hara. Darf ich Sie zu Ihrem Tisch begleiten? Eigentlich hätten Sie ihn mit Mr. Meier teilen sollen, aber Mr. Meier zieht es vor, die Mahlzeiten in der Kabine einzunehmen."
Ruth entsann sich des Herrn im grauen Mantel. Wo-

mit hatte er zu tun gehabt? Ach ja, mit der TOTAL-Film-Gesellschaft. Einer von den Vizedirektoren.
„Mir ist es fast lieber so", sagte Ruth.
Der Kellner blieb um sie besorgt.
„Ich könnte Sie sonst an einem anderen Tisch unterbringen, Mrs. O'Hara. Sie hätten Gesellschaft."
„Mir ist es recht so", wiederholte Ruth.
„Selbstverständlich."
Der Kellner rückte für sie den Stuhl zurecht. Seine Hand berührte versehentlich ihre Schulter. Ruth atmete erleichtert auf. Die Hand war warm.
Zwei bildhübsche Kellnerinnen im Nostalgie-Look servierten.
Ruth aß mechanisch; sie aß, um sich den Magen zu füllen und bei Kräften zu bleiben. Freude an den kunstvoll dekorierten Platten und am festlich gedeckten Tisch wollte sich nicht einstellen. Ruths Gedanken waren nicht bei der Sache. Als sie ihren Teller schließlich geleert hatte, wäre sie nicht imstande gewesen zu sagen, wie das Menü beschaffen gewesen war.
Desto klarer war sie sich über den Umstand, daß sie auf sich achtgeben mußte. Ihre Nerven bedurften dringend der Erholung. Sie lief Gefahr, irgendwann die Kontrolle über sich selbst zu verlieren.
Welchen Vorteil sollte es dem Homaten bringen, wenn er sich auf der *Astoria* als Kellner einschlich? Die Kollegen wären längst auf ihn aufmerksam geworden.
Ruth sagte sich, daß sie aufhören mußte, jeden Menschen, mit dem sie es zu tun bekam, daraufhin zu prü-

fen, ob er nicht der getarnte Homat sei. Fast war das schon eine Zwangshandlung. Das ständige Mißtrauen machte sie krank, die unaufhörliche Wachsamkeit raubte ihr den Schlaf.
Denn das wollte der Homat: daß sie durchdrehte. Umso leichter würde er sie ausschalten können. In seinem elektronischen Bewußtsein waren Heimtücke und Niedertracht aus zwölf kriminellen Gehirnen gespeichert und hernach durch den Extrakt eines dreizehnten, des von Friedrich Chemnitzer, motiviert. Er gab nicht auf.
Um ihm überlegen zu sein, mußte man einsetzen, worüber er nicht verfügte: gesunden Menschenverstand und vor allem moralische Stärke.
Ruth hob den Blick.

Die mich ohne Grund hassen,
sind mehr, als ich Haare auf dem Haupt habe.
Die mir zu Unrecht feind sind
und mich verderben wollen, sind mächtig.
Ich soll zurückgeben, was ich nicht geraubt habe ...

Die Worte der Bibel kamen ihr in den Sinn und fielen zurück ins Vergessen.
Ihr Blick ruhte auf den zehn flimmernden Lichtpunkten, die das Sternbild des Drachen bilden. Wie viele Lichtjahre trennten sie davon? Der Raum, durch den die *Astoria* zog, war leer – unfaßbare Leere. Aber die Leere war kein Nichts. Sie zerfiel in gleißendes Licht

und in samtene Schwärze. Sie war spürbar – denn weder das Licht noch die Schwärze hielten dem Blick stand, der sich in ihren unergründlichen Tiefen verlor.
Ruths Gedanken sprangen hinüber zu ihrem Mann, der immer wieder in diese Leere aufbrach – gleichsam auf der Suche nach einem verborgenen Mysterium. Auf der Erde, so sehr er sie liebte, hatte es ihn nie lange gehalten. Ein paar Wochen – und er fing an, unruhig zu werden, begann Heimweh zu spüren nach der absoluten Klarheit im Reich der Sterne.
Ein halbes Jahrtausend früher – und Mark hätte zu den Seeleuten gehört, die mit ihren windgetriebenen Schiffen die Weiten der irdischen Ozeane bezwangen.
„Mrs. O'Hara ..."
Ruth wandte den Kopf. Der Kellner war an sie herangetreten – mit einem silbernen Tablett in der Hand, auf dem ein Glas Kognak schwebte.
„Eine Empfehlung von Captain Romanow, Mrs. O'Hara. Falls er Ihnen vorhin reichlich kühl erschienen sei, möge Ihnen dieses Glas zum Aufwärmen dienen."
Ruth brachte ein Lächeln zustande.
„Richten Sie Captain Romanow meinen Dank aus für seine freundliche Geste."
„Ich werde es nicht verfehlen, Mrs. O'Hara."
Der Kognak stammte aus der teuersten Flasche und war sündhaft alt. Captain Romanow wußte, was er der Public-Relations-Chefin der VEGA schuldig war.
Ein solcher Kognak war genau das, was Ruth

brauchte. Während sie ihn trank, spürte sie mit Wohlbehagen, wie er in ihr alle Lebensgeister wieder wachrief.

Als sie den Speisesaal verließ, hatte sie ihr Gleichgewicht zurückgewonnen. Mark junior befand sich bei Mascha Stroganow in guter Obhut, und sie selbst hatte sich vor dem Homaten einen gehörigen Vorsprung gesichert.

Die Informationsbar war leer. Ruth trat ein. Auf der Kartenwand war die Route der *Astoria* eingeblendet. Ein pulsierender Lichtpunkt kennzeichnete die augenblickliche Position. Wenn man ihn länger betrachtete, konnte man ihn wandern sehen.

Die *Astoria* war ein schnelles Schiff. Nachdem sie die Gravitation des Erdtrabanten abgeschüttelt hatte, stürmte sie jetzt der Venus entgegen.

Ruth krauste die Stirn.

Die Karte war älteren Datums. *Intersolar* war immer noch als schraffierte Zone eingetragen, die gemieden werden mußte, als gefährliche Bauruine unter den Sternen. Zum ersten Mal fiel Ruth auf, daß Venus und *Intersolar* um diese Jahreszeit ziemlich dicht beieinander standen.

Ruth verließ die Informationsbar, stieg die Treppe hinab und wandte sich dem Kabinendeck zu.

Der Gang war eng. Ein Herr, der in die entgegengesetzte Richtung wollte, blieb stehen, um sie vorüberzulassen. Er preßte sich an die Wand.

„Bitte, meine Gnädigste."

Sie erkannte ihn an der Stimme.
„Danke, Mr. Meier."
Sie nickte dem Vizedirektor freundlich zu, ohne den Schritt zu verlangsamen – und dann, plötzlich, blieb sie stehen und wandte sich um.
Sie fror, als hätte sie ein arktischer Wind gestreift.
Mr. Meier hatte seine Kabine schon erreicht und war darin verschwunden. Ruth sah gerade noch, wie sich hinter ihm die Tür schloß.
Ruth machte kehrt und suchte die Chefstewardess auf, um sich nun doch einen Bordkimono geben zu lassen.
Die Kälte im Schiff war unerträglich.

16.

Der Raumflughafen Venus verfügte über eine eigene Polizeitruppe. Diese bestand aus hundert unauffällig gekleideten Beamten und Beamtinnen. Brachte man ihre mannigfaltigen Aufgaben auf einen Nenner, so hatten sie dafür zu sorgen, daß auf dem weitflächigen Gebiet nichts geschah, was den Flugbetrieb hätte stören können.
Vom Wachlokal überblickte man sowohl die große Halle als auch das Geschlängel der Laufbänder und schließlich die gesamte riesige Rampenanlage.
Und in eben diesem Wachlokal war Kommissar Santos damit beschäftigt, seine Aufmerksamkeit zwischen dem Käsebrot, mit dem er seinen Hunger stillte, und den Ausführungen von Inspektor Ford zu teilen.
„Also, noch einmal!" sagte Santos kauend. „Die *Astoria* ersucht uns um was ..."
Ford machte ein leidendes Gesicht. Die Schicht war eine von der Sorte, an die man nicht gerne zurückdenkt. Es gab leider Gottes eben immer wieder Leute, die sich vollaufen ließen und dann nicht friedlich blie-

ben; oder freundlich lächelnde Omas, die anderen Reisenden die Brieftaschen klauten; oder solche, die sich weigerten zu bezahlen, weil sie behaupteten, Napoleon zu sein – auf dem Weg von Elba zurück zu Ruhm und Macht. Ford hatte es satt. Ford war müde.
„Offenbar hat man da auf der *Astoria* Trabbel mit einer Passagierin. Na, und wofür gibt's denn uns?"
Santos spülte mit einem Schluck Kaffee nach.
„Was für'n Trabbel?"
Ford hob die Schultern.
„Also, Sir, wenn ich das recht verstanden habe, soll sie vom Captain der *Astoria* verlangt haben, einen anderen Fluggast unter Arrest zu stellen, weil er ein getarnter Roboter ist, der vorhat, den Präsidenten der EAAU zu ermorden."
„Was?"
„Eine arme Irre", sagte Ford.
Kommissar Santos nickte. Die Irren sterben nicht aus. Was man mit ihnen durchmacht, ist Stoff für ein Dutzend Romane.
„Und?"
„Man hat sie bis zur Landung in die Kabine eingeschlossen, Sir. Aber Captain Romanow fürchtet, daß sie wieder anfängt, Terror zu machen, sobald man sie rausläßt."
„Verstehe. Lassen Sie ihn wissen, daß wir einen Wagen zur Gangway schicken."
„Ja, Sir."
Santos wedelte mit der Hand.

„Und lassen Sie sich den Namen dieser Passagierin geben, Ford."
Der Inspektor warf einen Blick auf den Zettel in seiner Hand.
„Schon geschehen, Sir. Der Name der Passagierin ist Ruth O'Hara."

Eine gute Stunde später erhielten Kommissar Santos und Inspektor Ford Gelegenheit, die unbotmäßige Passagierin persönlich in Augenschein zu nehmen.
Zwei stämmige Polizisten führten sie herein. Der erste Eindruck von ihr war durchaus positiv: eine gutaussehende, selbstbewußte Frau. Teuer gekleidet, wenn auch einigermaßen ramponiert. Langes rotes Haar, seegrüne Augen – der irische Typ.
„Also, Mrs. O'Hara," sagte Santos gemütlich, „nun nehmen Sie erst einmal Platz. Und dann erzählen Sie mal, weshalb Sie keine Ruhe geben."
Ruth bezwang ihren Groll auf die uneinsichtige Schiffsführung der *Astoria*. Was dieser Kommissar von ihr erwartete, waren sachliche Auskünfte. Und da sie diesmal wußte, in welcher Gestalt der Homat auftrat, konnte sie offen sein.
„An Bord der *Astoria,* Kommissar", erwiderte sie ruhig, „habe ich Anzeige erstattet. Die Anzeige wurde nicht zur Kenntnis genommen – im Gegenteil: Ich wurde einer demütigenden Behandlung unterworfen. Jetzt sind Sie die zuständige Instanz. Da ich hier bin, erstatte ich Anzeige."

„Anzeige gegen wen?"
„Gegen Mr. Meier, Kommissar, der zusammen mit mir mit der *Astoria* gekommen ist. Dort unten geht er soeben – der Herr im grauen Mantel."
Santos und Ford blickten in die angegebene Richtung. Der Herr im grauen Anzug schien ihre Blicke zu spüren, denn er hob plötzlich den Kopf. Danach lüftete er den Hut und verließ die Halle.
„Mr. Meier", sagte Santos, „ist einer der Vizedirektoren der TOTAL-Film-Gesellschaft. Und die unterhält hier auf der Venus ein Studio. Soll ich ihn deswegen festnehmen?"
Ruth schüttelte unwillig den Kopf.
„Das, Kommissar, ist nicht Mr. Meier. Das ist ein von Professor Jakoby in Metropolis illegal konstruierter Eismensch, ein Homat."
„Ein was?"
„Ein mit amorphem Eis gefüllter Homo automaticus auf Roboterbasis", sagte Ruth geduldig. „Und wenn Sie ihn nicht aufhalten, Kommissar, wird er im Auftrag der *Reinigenden Flamme* Joffrey Hastings ermorden, den Präsidenten der EAAU."
Kommissar Santos und Inspektor Ford tauschten einen raschen Blick.
„Aufhalten?" sagte Santos.
„Aufhalten!" bestätigte Ford und verließ den Raum, um anderswo zu telefonieren.
Santos schaltete die *Aufnahme* ein.
„Also", sagte er, „dann wollen wir die Anzeige mal

entgegennehmen. Fangen wir an mit den Personalien." Seine Stimme änderte den Klang. „Name?"
„Ruth O'Hara."
„Wo geboren?"
„Alpha-Centauri."
Und so ging das Punkt für Punkt. Kommissar Santos ließ keinen aus.
„Verheiratet?"
„Ja."
„Mit wem?"
„Mit Commander Mark Brandis."
„Dem von der UGzRR?"
„Dem."
„Zur Zeit Projektleiter bei *Intersolar?*"
„Es gibt nur den einen."
„Ach. Und wie kommen Sie darauf, Mrs. O'Hara, daß der Vizedirektor der TOTAL-Film-Gesellschaft ein Ho-was ist?"
„Ein Homat."
„Von mir aus ein Homat. Wie kommen Sie darauf?"
„Das ist eine lange Geschichte."
„Ich habe Zeit."
Ruth sammelte sich. Damals in Metropolis, als sie gemeint hatte, eben diese Geschichte einem hochgestellten Mitarbeiter des MSD zu erzählen, war sie lediglich in eine Falle gelaufen.
Dies würde es anders sein. Endlich konnte sie aufhören, sich wie eine Geheimagentin aufzuführen. Sobald der Kommissar begriff, womit man es zu tun hatte,

würde er Alarm schlagen und die polizeilichen Maßnahmen anlaufen lassen, die getroffen werden mußten, um den Homaten rechtzeitig unschädlich zu machen und die *Reinigende Flamme* im Keim zu ersticken, bevor sie sich zum Flächenbrand ausweiten konnte.

„Es begann in Metropolis – mit einem Besuch bei Professor Jakoby, der ein paar Stunden darauf ermordet wurde." Ruth suchte nach einem besseren Anfang. „Ich sollte Ihnen wohl erst einmal sagen, womit sich Professor Jakoby beschäftigte ..."

Santos nickte und lehnte sich mit einem unterdrückten Seufzen zurück.

Ruth schilderte die Ereignisse, die an jenem Nachmittag ihren Lauf genommen hatten, sachlich und emotionslos, ohne dramatische Ausschmückungen. Sie erwähnte ihre Begegnungen mit dem Homaten, und sie machte deutlich, aus welcher Erwägung heraus sie beschlossen hatte, Metropolis zu verlassen.

„Aber dann", schloß sie, „wurde die Landung in Las Lunas gestrichen, und jetzt bin ich hier."

Kommissar Santos räusperte sich unbehaglich.

Eigentlich, stellte er für sich fest, sah diese Mrs. Ruth O'Hara gar nicht aus wie eine Irre. Doch was sie da berichtete, ging zu weit. Die Dame litt an Verfolgungswahn.

„So", sagte er, „und jetzt soll ich Mr. Meier verhaften."

„Mr. Meier ist nichts als Tarnung, Kommissar. Dahin-

ter verbirgt sich der Eismensch. Er hat sich auf der Venus eingeschlichen."
Ruth hielt erschöpft inne. Santos stöhnte in sich hinein. Inspektor Ford hatte doch hoffentlich begriffen, was es in dieser Angelegenheit zu tun galt, bevor Fernsehen und Presse sich ihrer bemächtigten und eine allgemeine Panik hervorriefen. Auf jeden Fall mußte man die Frau noch eine Weile hinhalten und daran hindern, den Terror, den sie auf der *Astoria* gemacht hatte, hier zu wiederholen.
„Mein Inspektor hat die Sache in die Hand genommen, Mrs. O'Hara", sagte er. „Er ist ein erfahrener Mann."
„Er wird Verstärkung brauchen, Kommissar."
„Ich bin überzeugt, daß er die sofort angefordert hat."
Aber wo zum Teufel blieb sie? Santos zerbrach sich den Kopf darüber, wie er das Gespräch unauffällig in die Länge ziehen konnte. „Aber wenn wir Mr. Meier festnehmen und seine Untersuchung ergibt, daß er wirklich der Ho-was ist ..."
„Der Homat!"
„... der Homat ist, was dann? Homat zu sein ist nicht verboten. Wenn er kein Geständnis ablegt ..."
Ruth schüttelte den Kopf.
„Das wird er nicht tun. Nicht freiwillig. In seinem Programmschema ist der Faktor der Selbsterhaltung enthalten."
„Mit anderen Worten – Sie erwarten von uns, daß wir uns der Gewalt bedienen?!"

„Er ist doch ein Roboter, Kommissar! Ein Roboter mit einem Mordauftrag."
„Wir haben zu diesem Punkt bislang nichts als Ihre Aussage, Mrs. O'Hara. Sie werden einräumen müssen – das ist nicht eben viel."
„Ich habe Beweise anzubieten."
„Welche Beweise?"
„Den Umschlag mit dem Staub, den Professor Jakoby mit zugesteckt hat."
Santos nickte.
„Ach ja, Staub, der reden kann. Sie haben ihn nicht zufällig bei sich?"
Ruth zögerte. Es war denkbar, daß der Staub zusätzliche Informationen enthielt, die sie noch nicht kannte. Bisher hatte sich ihr keine Gelegenheit geboten, sie abzurufen. Andererseits war es wichtig, den Kommissar davon zu überzeugen, daß ihre Anschuldigungen nicht aus der Luft gegriffen waren. Ruth öffnete die Handtasche.
„Es handelt sich hierbei", sagte sie, „um sogenannten informativen Staub. Er besteht aus Sprachelementen für bestimmte Computer."
„Sprachelemente", wiederholte Santos. „Ich verstehe, Mrs. O'Hara."
Ruth legte den Umschlag auf den Tisch.
Sie hörte zwar, daß hinter ihr eine Tür ging, aber erst als Kommissar Santos seine haarige Hand auf den Umschlag legte, sah sie sich um.
Ruth wollte aufspringen, doch das konnte sie nicht.

Die beiden robusten Frauen im weißen Kittel, die zusammen mit Inspektor Ford den Raum betreten hatten, drückten sie in den Stuhl zurück.
"Bleiben Sie sitzen!" sagte die eine.
"Und entspannen Sie sich!" sagte die andere.
Ruth hatte schon begriffen. Der Kommissar dachte nicht daran, sie ernstzunehmen. Die Ironie in seiner Stimme, das zu dick aufgetragene Wohlwollen – auf einmal gab es dafür eine Erklärung. Kommissar Santos hielt sie für geistesgestört.
"Warten Sie!" brachte Ruth hervor. "Sie wissen, wer mein Mann ist. Er befindet sich auf *Intersolar*. Rufen Sie ihn an und lassen Sie sich von ihm bestätigen..."
Sie brach ab. Was konnte Mark bestätigen? Daß sie bei Jakoby gewesen waren. Mehr nicht.
Santos' Miene drückte aus, daß er ein leeres Versprechen abgab.
"Natürlich, Mrs. O'Hara, es wird alles geschehen. Sie können unbesorgt sein. Die Sache ist bei uns in besten Händen. Aber nun seien Sie vernünftig. Sie haben wirklich Großartiges geleistet. Aber jetzt sollten Sie sich Erholung gönnen. Ein paar Tage im Bett..."
Nichts würde geschehen, nichts. Man schob sie ab.
Aus den Augenwinkeln sah Ruth eine Spritze, die auf sie zielte.
Niemals, dachte sie, die wollen mich ruhigstellen!
Die Pflegerinnen mochten kräftige Frauen sein, aber auch Ruth O'Hara hatte es lernen müssen, sich durchzusetzen. Mit einem Mann wie Brandis konnte man

nicht verheiratet und zugleich Püppchen sein. Ruth riß sich los und sprang auf.

Ford griff zur Tür, um sie abzuschließen. Ruth warf ihm die Handtasche ins Gesicht und stürzte an ihm vorüber aus dem Wachlokal.

Der Aufzug schimmerte golden. Ruth prallte davor zurück und rannte zur Treppe. Der Aufzug ließ sich blockieren.

„Ford!" Die Stimme des Kommissars hallte unter der Kuppel. „Fangen Sie sie ein! Die ist ja völlig verrückt."

Die Treppe wand sich spiralförmig hinab in die Halle. Ruth stürmte die Stufen hinab und versuchte gleichzeitig, ihre Gedanken zu ordnen.

Man glaubte ihr nicht – oder wollte ihr nicht glauben.

Wichtig war jetzt, daß sie sich nicht einliefern ließ in ein Sanatorium, wo es sie Zeit und Mühe kosten würde, ihre Normalität unter Beweis zu stellen.

Jede Stunde war kostbar, jede Minute. Jede Stunde, die man den Homaten gewährleß, verschaffte ihm Vorteile. Was würde sein nächster Schritt sein?

Ruth machte sich nichts vor. Solange sie lebte, war sie für den Homaten eine Gefahr. Sie kannte seine Absicht. In seiner Gehirnprothese blieb ihr Name gespeichert.

Es mußte ihr gelingen, die Raumnotwache Venus der UGzRR zu erreichen. Unter dem Schutz der Autonomen Gesellschaft konnte sie weiterplanen. Am dringendsten war es nach wir wie vor, Mark auf *Intersolar* zu verständigen.

Ruth hatte die Halle erreicht und arbeitete sich durch das Gewühle. Sie konnte eine Pflegerin sehen, die gerade aus dem Aufzug stieg. Die andere mußte zusammen mit dem Inspektor hinter ihr sein. Ruth drehte sich nicht um.

Mit hämmernden Pulsen zickzackte sie durch das Gedränge, bestrebt, den Ausgang zu erreichen, bevor sich die Pflegerin ihr in den Weg stellen konnte.

Von einer Flucht fiel sie in die andere. Sie hatte nicht viel mehr einzusetzen. Zu viele kalte hungrige Tage lagen hinter ihr, zu viele kalte schlaflose Nächte. Und jetzt gab es für sie nur noch eine Zuflucht. Sie hatte keinen Beweis mehr in der Hand, und ihre Handtasche war im Wachlokal geblieben. Sie besaß nichts mehr, um sich auszuweisen. Und sie war ohne Geld.

Das wütende Gesicht der Pflegerin pflügte sich durch die Menge. Ein Arm griff nach ihr. Ruth tauchte darunter hindurch.

„Sie! Bleiben Sie stehen! Sie ...!"

Ruth rannte durch das Portal, das sich vor ihr öffnete, hinaus in die frische kühle Luft, die aus den unsichtbaren Ozonerien über die einst viel zu heiße Oberfläche der Venus geflossen kam.

Ruth schlug einen Bogen um das Denkmal, das die Ankömmlinge an die Kolonisatoren erinnern sollte, die unter dem Einsatz von Blut, Schweiß und Tränen aus einem lebensfeindlichen Planeten eine neue Heimstatt geschaffen hatten – die Venus mit ihren Towns, die sich am Fuß der Sierra Alpina hinzogen

wie eine Silberspur. Und jede dieser Towns war ein Metropolis in klein, eine pulsierende Stadtwelt.
Ruth hetzte über den Platz.
Die Raumnotwache lag auf der anderen Seite – ein runder Turm am Rande der Rampen. Über dem Turm wehte, ein heller Fleck vor dem goldbestickten Schwarz des Himmels, die weiße Flagge mit dem roten Johanniterkreuz im gelben Sonnenball – die Flagge einer Institution, der man zur besseren Erfüllung ihres humanitären Auftrages unter den Sternen die Rechte eines souveränen Staates zugestanden hatte. Ruth rannte auf die Flagge zu. Es war die Flagge, der Mark sein Leben geweiht hatte – die Flagge der Retter in der kosmischen Leere.
Ruth stolperte und fiel. Ein chromglänzendes Citycab konnte ihr gerade noch ausweichen
Der Schlag des Citycab wurde aufgestoßen.
Ein Herr im grauen Mantel, der ausstieg, half ihr beim Aufstehen.
„Ich bitte um Verzeihung", sagte Mr. Meier mit vollendeter Höflichkeit. „Die Schuld liegt natürlich bei mir. Hoffentlich haben Sie sich nicht verletzt. Ich bin sehr in Eile. Ich muß noch die *Astoria* erreichen."
Er lüftete den Hut, und Ruth sah ihm fassungslos nach, wie er davonschritt.
Sie war wie gelähmt. Als die Pflegerinnen ihr die Arme auf den Rücken drehten, leistete sie keinen Widerstand mehr.
Sie war am Ende. Eine Nadel stach in ihr Fleisch.

Eine Weile später betrat Inspektor Ford das Wachlokal, in dem Kommissar Santos damit beschäftigt war, das elektronische Tagebuch abzuzeichnen.
Santos unterbrach seine Arbeit und sah sich um.
„Nun?"
Ford machte ein unbehagliches Gesicht.
„Die Personalien stimmen, Sir. Und Commander Brandis ist ein einflußreicher Mann – im Augenblick mehr denn je."
Santos hob die Schultern.
„Sie ist unter der Obhut erfahrener Ärzte. Wir haben nichts mehr damit zu tun. Noch was?"
Ford runzelte die Stirn.
„Hat vielleicht nichts zubedeuten, Sir – aber Mr. Meier ist schon wieder auf dem Flug zur Erde. Vorhin ist er gekommen – jetzt reist er schon wieder ab. Ein bißchen sonderbar. Er hat mir übrigens die Hand geschüttelt. Ich fand nichts Besonderes dran – normale Körpertemperatur. Wenn er nicht gerade einen Doppelgänger hat ..."
Santos wischte den Einwand weg. Er tat das so gründlich, daß der Umschlag mit dem sprechenden Staub vom Schreibtisch flog und in den Sog des Lüfters geriet.
Ford zerrte das zerfetzte Papier aus der Öffnung.
„Verdammt!" sagte er. „Zumindest hätte das ins Archiv gehört."
„Fangen Sie nicht auch an, Gespenster zu sehen, Ford!" sagte Santos. „Eine Irre am Tag ist genug."

17.

Auf *Intersolar* herrschte hektischer Betrieb. Im Sektor 4 detonierten kleine Sprengsätze. Die unbrauchbaren Spiegel wurden entfernt. Das angrenzende Raumgebiet füllte sich mit glitzerndem Schutt. Zwei Scooter, die ein gespreiztes Netz zwischen sich führten, hatten pausenlos damit zu tun, ihn einzusammeln, bevor er zu weit abtrieb und dann in alle Ewigkeit eine Gefahr für die Schiffahrt bildete. Zur gleichen Zeit wurden in der Zentrale unter Morales Anleitung die Vorbereitungen für die Zuschaltung getroffen.

Von all der Unruhe war in der Messe nichts zu spüren, zumal die Bildwand defekt war, so daß von dem ganzen aufgeregten Hin und Her der Versuchsschaltungen nur der Ton übriggeblieben war.

Als Brandis eintrat, um sich für ein paar Minuten der Sammlung neben Seebeck zu setzen, der vor einem Glas Bier mit halblauter Stimme seine Eindrücke einem unsichtbaren Aufnahmegerät anvertraute, war der Ton gerade von Stella-TV okkupiert.

Es ging um einen Vorfall auf dem nordamerikanischen Kontinent. Nachdem Montana von einem verheerenden Blizzard heimgesucht worden war, hatte der Distriktchef das Erdwärmekraftwerk wieder in Betrieb nehmen lassen. Nun drohte ihm ein standrechtliches Verfahren.

„*...ist sich keines Unrechts bewußt. Auf die Frage des Militärrichters, ob er sich schuldig bekenne, hat er geantwortet: ‚Wenn es Schuld bedeutet, siebzig Millionen Menschen vor dem Erfrieren bewahrt zu haben, dann bin ich wohl schuldig. – Nur dann.'*"

Seebeck bewegte die Schuldern.

„In der Sache möchte ich nicht Richter sein, Mark. Allenfalls ein Gnadenerlaß von Präsident Hastings kann den Mann noch retten. Was darf ich dir bringen? Ein Bier?"

„Kein Bier", sagte Brandis.

„Kaffee?"

„Nichts", sagte Brandis.

Er war draußen gewesen, beim Sektor 4, sechzehn Stunden lang. Nun wollte er lediglich dasitzen dürfen und entspannen. Er war bis in die Knochen müde, und er gab sich keine Mühe, das zu verbergen.

„Wie steht die Partie, Mark?" erkundigte sich Seebeck.

Brandis wiegte den Kopf.

„Bis jetzt – unentschieden."

„Der Sektor 4?"

„Nichts sonst."

„Ohne Sektor 4 kein Zuschalten?"

„Nicht für Metropolis, Martin."
„Und wenn man das Programm ändert?"
Brandis war am Einnicken gewesen. Er hob den Kopf. „Was?"
„Ich fragte", sagte Seebeck, „warum ändert ihr nicht das Programm? Laßt El Golea kalt. Die Afrikaner können sich am ehesten noch eine Weile behelfen. Ihr hättet Ersatz für Sektor 4."
Brandis winkte ab.
„Um ein neues Programm zu erstellen, braucht man Wochen, Martin. Wochen! Laß es dir von Morales erklären, warum und wieso. Ich schaff's nicht mehr."
Seebeck schwieg. Sein Blick ging durch das Bullauge hinaus ins Freie – dorthin, wo die beiden Scooter ihre absonderlichen Fischzüge vollführten. Seebeck kam sich plötzlich überflüssig vor, ein untätiger Beobachter. Während die Männer und Frauen um Brandis bis zur Erschöpfung darum kämpften, den Kollaps des heimatlichen Planeten in letzter Sekunde zu verhindern, blieb er nur Zuschauer, die Hände in den Hosentaschen. Oder?
Seitdem die Welt bestand, hatte es immer auch den Chronisten gegeben. Im Augenblick mußte sich Seebecks Arbeit darin erschöpfen, daß er Fragen stellte.
„Besteht Präsident Hastings immer noch auf diesem Festakt?"
„Das ist schon eher moralische Aufrüstung, Martin. Er wird sogar die Glocken läuten lassen – zur Mahnung und als Dank."

„Und die Bedingungen für die Übertragung – wie sind die?"
„Das FK ist zufrieden."
„Der Tornado?"
„Ist zum Glück weitergezogen."
„Na endlich!" sagte Seebeck. „Hast du inzwischen mit Ruth gesprochen?"
„Wann? Ich hätte längst zurückgerufen ..."
Brandis verstummte mitten im Satz. Ein Lautsprecher rief seinen Namen. Er meldete sich.
„ Leo Hauschildt auf der Venus für Sie, Sir", sagte der Lautsprecher, „Kommen Sie ins FK, oder sollen wir durchstellen?"
„Stellen Sie durch!"
Brandis stand auf und ging hinüber zum Visiofon. Das Gespräch mit der Venus traf ein, als er auf die Kontaktplatte trat.
„Berichten Sie, Mr. Hauschildt!" sagte Brandis. Er stellte sich so, daß er sowohl den rechteckigen Monitor sehen konnte, auf dem Hauschildts Gesicht aufgetaucht war, als auch die Venus vor einem der Bullaugen. „Was ist mit diesen Lichtfallen? Wir müssen endlich Nägel mit Köpfen machen."
Das Bild flimmerte, zerfloß zu einem chaotischen Farbbrei und fügte sich wieder zusammen zu Leo Hauschildts Gesicht.
„Ich habe tatsächlich Präsident Hastings bemühen müssen, Commander – aber jetzt habe ich alles, was ich brauche. Pioniere und Maschinen. Chesterfield

kann gar nicht so rasch laden, wie die Dinger abgebaut werden."
„Wann kann ich damit rechnen?"
„Wenn wir die Nacht durchmachen, sollten wir morgen vormittag starten können."
„Ich rechne damit, Mr. Hauschild."
„Sie können sich auf mich verlassen, Commander."
Brandis nickte.
„Ja, Leo", sagte er, „ich weiß. Und bei der Gelegenheit – wie geht's dem Jungen?"
„Unverändert. Ich will noch mal in die Klinik – sobald man mich hier entbehren kann. Dr. Hudson tut, was er kann, aber..."
Hauschildt verstummte und wandte den Kopf zur Seite.
Brandis wartete einen Augenblick, dann sagte er:
„Leo, hier gibt es keinen, der nicht mit Ihnen fühlt. Aber Frank hat gewußt, wofür er sich einsetzte. Denken Sie daran. Es wird Ihnen helfen."
„Ja", antwortete Leo Hauschildt auf der fernen Venus, „ja, Sie haben recht."
Dann schaltete er ab.
Seebeck sah Brandis erwartungsvoll entgegen, als dieser zum Tisch zurückkehrte, aber Brandis war in keiner mitteilsamen Stimmung. Er setzte sich nicht, sondern warf einen Blick auf die Uhr.
„Martin", sagte er, „ich muß rüber."
Seebeck sprang auf.
„Störe ich, wenn ich mitkomme?"

„Such dir eine Ecke, wo du keinem im Wege bist."
„Was liegt eigentlich an – so etwas wie Generalprobe?"
„Die Kommunikation wird gecheckt."
Seebeck hangelte sich hüpfend und fluchend hinter Brandis her durch endlos erscheinende Gänge ohne internes Schwerefeld. Brandis schien davon unberührt. Nur gelegentlich hob er fast spielerisch die Hand, um sich an der Decke abzustützen.
Als Seebeck im Leitstand wieder festen Boden betrat – künstlichen festen Boden – atmete er erleichtert auf. Die Freiraumakrobatik blieb ihm verhaßt. Sein Schädel brummte. In der Hast war er mit einer Deckenstrebe zusammengestoßen.
Man bekam es eben immer wieder zu spüren, wo man sich befand.
Die Brücke war hell erleuchtet. Der große Tag stand erst vor der Tür, aber im Leitstand war er praktisch schon angebrochen. Alle Positionen waren wie für die Inbetriebnahme besetzt und das EBL so weit in Betrieb, wie es für die Probe erforderlich war.
„Achtung – abfahren!"
Der Reihe nach wurden die optischen Registratoren auf „Aufnahme" geschaltet und die Bildschirme der Übermittlung einreguliert.
Die astronomische Entfernung zwischen *Intersolar* und der Erde schien plötzlich aufgehoben zu sein. Die moderne Technik machte es möglich.
Seebeck verdrückte sich auf den Drehstuhl hinter dem

Modell der Anlage, in dem sich das Licht der Sonne fing – stets bereit zu einer neuerlichen Demonstration. Seebeck berührte die vom Laserimpuls durchlöcherte Münze in seiner Tasche.
Nicht weit von ihm entfernt, ließ sich Brandis von Morales vom letzten Stand der Dinge unterrichten. Beide sprachen gerade laut genug, daß Seebeck mithören konnte.
„Theoretisch sind wir so weit, Commander. Groß-M ist fixiert."
Die Bezeichnung Groß-M für den Transformer Metropolis war Seebeck geläufig.
„Und praktisch, Mr. Morales – sind wir da auch so weit?"
„Praktisch wäre mir wohler, ich könnte mich bei der Justierung auf Leo Hauschildt stützen, Commander."
„Hauschildt wird rechtzeitig zurücksein."
„Das ist sein spezielles Fachgebiet, verstehen Sie? Was ist mit dem Material?"
„Bringt er mit."
„Das heißt, wir können den Termin halten?"
„Wenn's nicht gerade mit dem Teufel zugeht ..."
Seebecks Aufmerksamkeit richtete sich auf einen Bildschirm, auf dem der Transformer Groß-M zu sehen war – ein grauer Energiesilo, der sich von Godwana kaum unterschied.
Ein unsichtbarer Kommentator probte seinen Text:
„... Groß-M's Aufgabe besteht darin, die aus dem All eintreffende pure Energie aufzufangen und vor der Wei-

tervermittlung an das weitverzweigte Netz der Abnehmer zu verwertbaren Qualitäten zu verarbeiten – zu Strom, Wärme und kompakten Pferdestärken. Auch dieser Transformer hatte dem neuartigen EBL-System angepaßt werden müssen, doch davon betroffen war nur das elektronische Kernstück der Anlage. Anders sieht es noch immer auf Intersolar aus. Die Sendeplattform unter den Sternen befand sich noch vor wenigen Wochen in einem desolaten Zustand..."
Eine andere Stimme hieb dazwischen: *"Hallo, Intersolar! Sind wir bei Ihnen auf Empfang?"*
Auf dem Leitstand drückte ein Kommunikator die Sprechtaste.
„Hallo, Metropolis, Sie kommen hier gut an. Ich bitte um die Gegenprobe."
"Ausgezeichnet, Intersolar. Wir empfangen Sie klar und deutlich und schalten weiter zu."
Seebecks Blick richtete sich auf den nächsten Bildschirm, der plötzlich lebendig wurde.
Der Regierungspalast in Metropolis war im Bild, das herzförmige Machtzentrum der EAAU. Im Schutz der abhörfesten Mauern liefen die Nervenstränge der Drei Vereinigten Kontinente und des assoziierten Australiens zusammen. Und zum Weltreich, das von hier aus mal besser, mal schlechter regiert wurde, zählten die Planeten Venus, Uranus und Mars.
Das Weltreich bröckelte. Der Mutterplanet Erde, auf dem sich der Regierungspalast erhob, war krank. Jetzt sollte *Intersolar* ihm Heilung bringen...

Die nächste Einstellung zeigte den historischen Balkon, von dem aus Präsident Hastings das neue Energiezeitalter ausrufen wollte. TV-Techniker in gefütterten Overalls waren damit beschäftigt, den Balkon für die Übertragung stimmungsvoll auszuleuchten.
Über ihren Köpfen fahndeten fliegende Leibwächter mit ihren elektronischen Sonden nach etwaigen Gefahren für das Leben des ihnen anvertrauten Präsidenten.
Joffrey Hastings, der ehemalige Gouverneur des Uranus, hatte sein schweres Amt in einer krisenreichen Zeit angetreten und es binnen kurzem verstanden, sich Achtung und Liebe seiner Mitbürger zu erwerben.
Aber – Seebeck wußte das ebenso wie die Leibwächter – die Einwohnerschaft der EAAU bestand nicht nur aus rechtschaffenen Frauen und Männern, wenn diese auch die überwiegende Mehrheit darstellten. Doch neben ihnen gab es stets, gleich wer regierte, die Handvoll ewig Unzufriedener, gab es die Politfanatiker unter der Maske von Sitte und Ehrbarkeit – und es gab die machtgeilen Welterneuerer in der Nachfolge des unseligen Generals Smith, Leute, deren „Verkündigung" lautete: *An unserem Wesen wird die Welt genesen!,* und die jeden umzubringen bereit waren, der dem nicht vorbehaltlos zustimmte.
Die Leibwächter zogen einen unsichtbaren Schutzwall um den Balkon, auf dem sich Joffrey Hastings binnen kurzem seinen Völkern zeigen würde.

Wieder ließ sich die Stimme des Kommentators vernehmen, der seinen Text probte:

„*... Präsident Hastings hat noch einmal seine Entschlossenheit bekräftigt, sich nicht vom Energieminister vertreten zu lassen, sondern der Zuschaltung persönlich und in aller Öffentlichkeit beizuwohnen. Man muß diese Haltung um so mehr würdigen, als man weiß, daß bereits die haarfeine Abweichung von 0,0073 Grad in der Justierung des EBLs seinen Amtssitz in Sekundenschnelle verschmelzen ließe...*"

O ja, Seebeck musterte das Modell, hinter dem er Stellung bezogen hatte. Wenn schon eine solche Miniaturausgabe von *Intersolar* genügte...

Wahrhaftig, ein neues Zeitalter brach an!

In Seebecks Überlegung hinein platzte das Summen des Telefons, neben dem er saß. Ein technischer Assistent nahm das Gespräch entgegen und sah sich dann um.

„Commander Brandis!"

Brandis wandte den Kopf.

„Ja."

„Das FK mit einem Anruf für Sie, Sir – auf der einzigen Leitung, die noch frei ist."

Brandis winkte ab.

„Ich bin nicht zu sprechen."

Die Hand des Assistenten, die den Hörer hielt, blieb ausgestreckt."

„Es scheint wichtig zu sein, Sir."

„Sagen Sie, ich kann jetzt nicht. In einer Stunde..."

„Roger, Sir. Andererseits – es ist wegen Ihrer Frau. Ein Doktor Geronimo von der Maintown-Klinik Venus."
„Geben Sie her!"
Brandis kam heran und übernahm den Hörer. Seebeck zog sich noch tiefer in den Hintergrund zurück, um nicht unfreiwillig zum Mithörer privater Probleme zu werden, doch Brandis kümmerte sich nicht um seine Anwesenheit.
„Brandis."
Die Verbindung war überlagert von den Übertragungen, die zur gleichen Zeit zwischen *Intersolar* und Metropolis hin und her gingen.
„Doktor Geronimo von der Maintown-Klinik Venus, Commander. Wir haben es hier zu tun mit einer Patientin namens Ruth O'Hara. Sind Sie der Ehemann?"
Brandis hielt sich das freie Ohr zu.
„Meine Frau ist in Metropolis, Doktor."
„Ihre Frau ist hier, Sir. Und ihr Zustand ist nicht unbedenklich. Ist Ihnen nie etwas an ihr aufgefallen?"
Brandis wußte nicht, wie er den Sinn der Frage enträtseln sollte. Bisher hatte ihm der Arzt nur die eine stichhaltige Information geliefert: daß sich Ruth auf der Venus befand. Was jedoch war der Anlaß dieser ärztlichen Behandlung? Ein Unfall? Brandis ließ sich nicht anmerken, daß er beunruhigt war.
„Sie müssen sich schon klarer ausdrücken, Doktor!" sagte er ziemlich schroff.
„Ich will Ihnen keinen langen Vortrag halten", erwiderte der Arzt auf der Venus, „aber Ihre Frau ist hier

eingeliefert worden mit allen Anzeichen einer schweren Psychose. Verfolgungswahn. Ich hielt es für meine Pflicht, Sie davon zu verständigen, Sir. Außerdem wäre es für die Beurteilung wichtig zu wissen, ob sich diese Symptome bei ihr schon früher gezeigt haben."
Brandis faßte einen raschen Entschluß.
„Geben Sie sie mir an den Apparat."
„Was?"
„Geben Sie mir meine Frau an den Apparat!"
„Aber das geht nicht."
„O doch", sagte Brandis, „das geht! Oder muß ich höhere Instanzen einschalten?"
Am anderen Ende der Leitung mußte Dr. Geronimo schlucken.
„Bleiben Sie dran, Sir!" sagte der Arzt.

Es war ein Erwachen auf Raten. Ruth hörte Stimmen, sah weiße Kittel, sah Licht. Und dann fiel sie wieder zurück in wohltuende Stille und friedvolles Dunkel. Aber die Phasen des Wachseins wurden länger und länger, und irgendwann behielt sie die Augen auf und stellte fest, daß sie sich in einem Krankenhaus befand – in einem Raum ohne Fenster.
Sie lag auf der Untersuchungscouch der psychiatrischen Abteilung.
Und sie war nicht allein.
Vor der Couch standen ein Arzt und eine Krankenschwester und blickten auf sie herab.
Ruth blinzelte.

„Wie fühlen Sie sich, Mrs. O'Hara?" erkundigte sich der Arzt.
Ruth antwortete nicht sofort. Sie kramte in ihrer Erinnerung. Was war geschehen? Sie war auf der Flughafenwache gewesen – richtig. Und dann waren die Pflegerinnen mit der Spritze aufgetaucht.
Es hatte keinen Sinn, diesen Arzt, der es offensichtlich gut mit ihr meinte, gegen sich aufzubringen, indem man sich störrisch gab. Am besten sagte man ihm die Wahrheit.
„Mir ist übel."
Der Arzt nickte.
„Das ist normal, Mrs. O'Hara. Atmen Sie jetzt kräftig durch, dann werden Sie sich gleich frischer fühlen. Übrigens, ich bin Doktor Geronimo – und neben mir sehen Sie Schwester Josephine "
Schwester Josephine setzte ein Lächeln auf, das um Vertrauen warb. Sie war eine große knochige Frau mit muskulösen Armen.
„Ich bin Ihre Betreuerin, Kindchen", sagte sie. „Wir werden uns schon vertragen."
Ruth sank erschöpft in die Stille zurück.
Die Stimme des Arztes holte sie unnachsichtig wieder heraus.
„Sie sind hier eingeliefert worden, Mrs. O'Hara, weil Sie krank sind. Man wird Ihnen helfen – dafür sind wir ja da. Aber Sie dürfen uns nicht im Stich lassen. Wenn Sie wirklich genesen wollen, müssen Sie schon mitwirken."

Ruth sah ihn erwartungsvoll an.

„Was ich von Ihnen erwarte, Mrs. O'Hara", sagte Doktor Geronimo, „ist vorbehaltslose Offenheit. Sind Sie dazu bereit?"

Ruth bewegte die Lippen:

„Ja."

Dr. Geronimo nickte ihr aufmunternd zu.

„Wovor haben Sie Angst, Mrs. O'Hara?"

Die Antwort kam leise, aber sie war klar und und deutlich:

„Homat."

„Sie haben ihn gesehen?"

„Er tarnt sich. Erst war er Captain Goldmund. Dann der Taxifahrer. Dann Boris Stroganow. Jetzt ist er Mr. Meier."

Doktor Geronimo und Schwester Josephine wechselten einen raschen Blick. Was die Patientin von sich gab, deckte sich mit dem Bericht der Flughafenwache.

„Und was", forschte Dr. Geronimo weiter, „führt Mr. Meier im Schilde?"

Die Patientin wurde lebhafter.

„Er wird den Präsidenten der EAAU ermorden", sagte sie, „wenn Sie mich hier noch lange festhalten, Doktor. Hören Sie endlich auf, mit mir zu reden wie mit einem kleinen Kind! Ich bin nicht verrückt."

Dr. Geronimo setzte seine Berufsmiene auf, eine Mischung aus väterlichem Wohlwollen, verständnisvoller Anteilnahme und beschwichtigender Überredung.

„Ich weiß, ich weiß. Ihnen fehlen lediglich ein paar Tage Ruhe."
„Ein paar Tage...!"
Ruth wollte aufspringen. Dr. Geronimo und Schwester Josephine drückten sie mit sanfter Gewalt auf die Couch zurück.
„Nicht doch!" sagte Dr. Geronimo mit mildem Tadel. „Sie brauchen Ruhe."
Ruth wehrte sich nicht.
Auf einmal hatte sie begriffen, daß es keinen Sinn hatte. Gegen die vereinten Kräfte des Arztes und seiner Gehilfin hatte sie keine Chance. Nur Klugheit und scheinbare Ergebenheit konnten sie retten. Sie schloß die Augen.
„Recht so", sagte Dr. Geronimo. „Ruhen Sie sich aus. Schwester Josephine wird Sie gleich abholen und auf Ihr Zimmer geleiten. Und dann unterhalten wir uns morgen weiter."
Ruth stellte sich schlafend.
In Wirklichkeit war sie hellwach.
Sie hätte diesem ungläubigen Arzt sagen können, daß der Homat mit ihnen in diesem Raum war – daß sie seine eiskalten Hände gespürt hatte; aber damit hätte sie zugleich über ihn und über sich das Urteil gesprochen.
Ruth preßte die Lippen aufeinander, um sich nicht zu verraten, als sich die Stimme des Homaten noch einmal vernehmen ließ, bevor hinter Dr. Geronimo und Schwester Josephine die Tür ins Schloß fiel:

„Ziehen Sie sich schon mal aus, Kindchen. Ich bringe Ihnen gleich das Nachthemd."

Ruth war allein.
Als sie sich in die Höhe stemmte, wurde ihr schwindelig. Sie zwang sich, auf den Beinen zu bleiben. Der Homat konnte jederzeit zurückkommen.
Ruth untersuchte den Raum.
Die Tür ließ sich von innen nicht öffnen. Es gab auch kein Fenster, aus dem man springen konnte. Ruth richtete den Blick auf den Luftschacht.

Im Telefon ließ sich erneut die Stimme des Arztes vernehmen. Brandis faßte den Hörer fester. Aus irgendeinem Grund klang die Stimme atemlos.
„Hören Sie?"
„Ich höre, Doktor."
„Ihre Frau ist nicht mehr da, Commander. Vor wenigen Minuten noch habe ich sie untersucht. Dann habe ich dieses Gespräch zu *Intersolar* angemeldet. Und jetzt ist das Behandlungszimmer leer."
„Was heißt das?"
„Das heißt, daß Ihre Frau aus der Klinik geflohen ist. Auf eine sehr raffinierte Art und Weise. Die Polizei ist schon eingeschaltet."
Brandis' Stimme wurde lauter:
„Was zum Teufel hat die Polizei damit zu tun, wenn meine Frau Ihre verdammte Klinik verläßt, Doktor?"
Die ferne Stimme kämpfte gegen die Störungen an.

„Sie verstehen nicht, Commander. Wir haben es zu tun mit einer toten Krankenschwester. Und mit einer gemeingefährlichen Geisteskranken, die in der geraubten Schwesterntracht durch die Towns irrt. Tut mir leid, Commander – aber das ist nun mal der Sachverhalt."

Auf der Venus wurde aufgelegt.

Brandis behielt den Hörer noch eine Weile in der Hand, bevor er sich abwandte.

Seebeck sah ihn fragend an.

Brandis wirkte verstört. Er fuhr sich mit dem Handrücken über die Augen.

„Es ist wegen Ruth", sagte er unbeholfen. „Der Arzt meint, sie ist... sie ist nicht ganz gesund."

Schwester Josephine war in der Besenkammer aufgefinden worden: tot und entkleidet. Der untersuchende Kommissar sprach von einem tödlichen Handkantenschlag ins Genick.

„Wie würden Sie diese entflohene Patientin einschätzen, Doktor?" erkundigte er sich. „Ist sie ein athletischer Typ?"

Dr. Geronimo runzelte die Stirn.

„Sie ist eine große gutaussehende Frau, Kommissar", erwiderte er, „mit einem durchtrainierten Körper."

Als die Vernehmung beendet war, hatte er dienstfrei.

Im Waschraum zog er sich um.

Aus der Nebenkabine waren Geräusche zu hören.

Dort war der Homat damit beschäftigt, die Kunsthaut

seiner rechten Hand zu flicken. Amorphes Eis sickerte heraus.

Der Homat versorgte seine Wunde, dann zerrte er sich angewidert die Schwesterntracht vom Leib, mit deren Hilfe er fast ans Ziel gekommen war, und begann mit seiner Verwandlung.

In seinem Elektronenhirn rumorte es.

Die Frau des Commanders war durch den Luftschacht auf und davon – aber weswegen?

Wann hatte sie seine Tarnung als Schwester Josephine durchschaut?

„Verdammt!" sagte der Homat, als ihm einfiel, wie er zusammen mit Dr. Geronimo die Patientin auf die Couch zurückgedrückt hatte.

Solche Fehler durften einfach nicht vorkommen.

Andererseits war die Frau fast nicht mehr wichtig. Der Homat stand einen Schritt vor dem Ziel.

18.

Die Luft war zunehmend dünner geworden – und dann war sie nur noch als hauchfeiner Schleier direkt über dem karstigen Boden zu finden gewesen. Ruth legte die letzten Meter kriechend zurück. Sobald sie den Kopf hob, begann sie zu röcheln.

Sie befand sich fast schon außerhalb der erschlossenen Zone, innerhalb derer sich die Towns hinzogen, am äußersten Rande jenes von den Ozonerien mit sauerstoffhaltiger Atmosphäre versorgten begrünten Siedlungsgebietes der Venus, in dem man sich wie daheim auf dem Mutterplaneten Erde ohne technische Hilfsmittel aufhalten, bewegen und verständigen konnte.

Am Rande der Zone – dort, wo Ruth schwer atmend kauerte – nahm die Wirkung der Ozonerien ab, und der atmosphärische Gürtel über dem Gelände wurde niedriger und niedriger und schließlich irgendwo in der roten Wüste völlig zu Null.

In der erschlossenen Zone wurde nach Ruth O'Hara gefahndet; dort mußte sie damit rechnen, eher früher als später erkannt und aufgegriffen zu werden. In der Wüste war sie halbwegs sicher. Hier konnte sie allenfalls von einer Polizeibarkasse aufgespürt werden, die die venerischen Raumsektoren kontrollierten; und selbst vor diesen konnte man sich schützen, wenn man beizeiten unter einem der vielen überhängenden Felsen in Deckung ging. Angestrahlt von der gleißenden Sonne, waren sie vor dem schwarzen Himmel weithin zu sehen.

Das Rampengelände des Raumflughafens und der Werften begann nur wenige Schritt von Ruth entfernt, und dort war auch die Luftschicht dicht und hoch. Die beiden uniformierten Wächter, die das unsichtbare Tor im elektronischen Zaun bewachten, litten jedenfalls keine Not. Fast jedesmal winkten sie die mit Spiegelfolie schwer beladenen *Goliath*-Transporter, die aus der Wüste kamen, anstandslos durch. Manche dieser *Goliathe* zogen so dicht an Ruth vorüber, daß sie sie mit dem aufgewirbelten roten Staub überschütteten und in den heißen Wirbel ihrer Düsen zu reißen drohten.

Von ihrem Versteck aus überblickte Ruth das ganze grandiose Panorama des Raumflughafens, aber ihre Aufmerksamkeit galt im wesentlichen einem einzigen darauf abgestellten Schiff. Seitdem sie dies entdeckt hatte, verfolgte sie einen völlig neuen Plan.

Die weiße Flagge mit dem roten Johanniterkreuz im gelben Sonnenball, die sie ganz im Hintergrund gerade noch zu erkennen vermochte, blieb für sie unerreichbar. Zur Raumnotwache der UGzRR führte kein Weg. Damit mußte sie sich abfinden.

Um ein Haar wäre sie den Town-Gendarmen in die Hände gelaufen, die nach ihr fahndeten, als sie nach ihrer Flucht aus dem Krankenhaus die Raumnotwache zu erreichen getrachtet hatte.

Bei der Gelegenheit hatte Ruth erfahren, weshalb man so fieberhaft bemüht war, ihrer habhaft zu werden. Ein Streifencab der Gendarmerie hatte mit eingeschaltetem Lautsprecher vor der Raumnotwache Stellung bezogen, von wo aus sich der Verkehr zum und vom Raumflughafen am besten überwachen ließ. Ruth hatte die Fahndungsdurchsage gehört und war dann, bevor man auf sie aufmerksam wurde, in der Menge untergetaucht:

... Geschlecht: weiblich. Hautfarbe: weiß. Haarfarbe: rot. Farbe der Augen: grün. Alter: cirka dreißig. Die geistesgestörte Person steht im Verdacht, bei ihrem Ausbruch aus der Maintown-Klinik eine Krankenschwester ermordet zu haben. Vorsicht bei der Festnahme!

Ruth wußte nicht, weshalb sie plötzlich eines Mordes bezichtigt wurde – aber sie wußte mittlerweile nur zu gut, daß es sie unersetzliche Zeit kosten würde, falls sie darauf bestände, sich vor einer umständlichen Bürokratie von diesem Verdacht zu reinigen.

Und diese Zeit – daran zweifelte Ruth nicht – würde der Homat nutzen, um Mittel und Wege zu finden, die ihn dorthin brachten, wohin ihn das ihm eingespeiste Programm mit unbeirrbarer Beharrlichkeit trieb. Das

Ziel des Homaten war die Baustelle unter den Sternen, war *Intersolar*.

Die Baustelle unter den Sternen mußte auch das Ziel des Schiffes sein, das Ruth O'Hara seit geraumer Zeit beobachtete.

Sie kannte es.

Es war ein schneller Tourenkreuzer vom Typ *Rapido*.

Und den jungen Piloten, der das Verladen der Spiegelfolien überwachte, die die *Goliathe* aus der roten Wüste herankarrten, kannte sie auch.

Sein Name war Gregor Chesterfield.

Seit Stunden suchte Ruth O'Hara nach einer Möglichkeit, zu diesem Schiff zu gelangen, ohne entdeckt zu werden. Bisher war es ihr nicht gelungen.

Anfangs hatte sie ihr Glück am Gütertor versucht, wo die Händler und Lieferanten mit ihren Transportfahrzeugen ein- und ausfuhren. Als sie die kontrollierenden Gendarmen erspähte, machte sie kehrt. Dort war für sie kein Durchkommen.

Auch ein weiterer Versuch war gescheitert – jener, auf dem Gelände des Schiffsreparaturbetriebes *Bach* mit Hilfe eines fahrbaren Gerüstes den elektronischen Zaun zu überwinden, der sich als unsichtbares Band rings um das eigentliche Rampengelände schlängelte und sowohl dafür sorgte, daß sich kein unbedarfter Spaziergänger in den Hitzeorkan eines startenden oder landenden Schiffes verirrte, als auch ausschloß, daß sich unbefugte Personen in eines der abgestellten Schiffe einschlichen.

Der Zaun war höher, als Ruth es angenommen hatte. Sie holte sich einen elektrischen Schlag, der sie sekundenlang in einen Zustand der totalen Lähmung versetzte, und überdies wurde man auf sie aufmerksam. Allein die Tatsache, daß die Arbeiter nicht eben begierig waren, sie zu ergreifen, rettete sie vor der Festnahme.

Und in der Wüste, in die sich Ruth schließlich zurückgezogen hatte, war der Zaun praktisch unüberwindbar – auch nicht, indem man sich unter ihm hindurchwand. Er reichte tief in den Wüstenboden hinein – tiefer, als ein Mensch graben konnte. Und Ruth verfügte ohnehin weder über Spitzhacke und Spaten, sondern lediglich über ihre nackten Hände.

Wenn es ihr irgendwie gelänge, die Aufmerksamkeit der Torhüter abzulenken...

Wie?

Ihr fiel nichts ein.

Und die *Goliathe* zogen mit einer Geschwindigkeit und in einer Höhe an ihr vorüber, daß an ein Aufspringen nicht zu denken war.

Und überdies – welchen Sinn hatte es?

Ruth spürte, wie sich Mutlosigkeit ihrer zu bemächtigen trachtete. Sie sei krank, hatte der Arzt zu ihr gesagt und ihr damit behutsam zu verstehen gegeben, daß alles, wovor sie floh und wogegen sie kämpfte, nur ein Produkt ihrer überreizten Nerven war, nichts als Einbildung. Fing sie wirklich an, den Verstand zu verlieren?

War alles nur ein böser Traum, aus dem sie eines Tages, hoffentlich, erwachen würde?
Vielleicht gab es ihn gar nicht, den Homaten mit dem Mordauftrag.
Ruth kämpfte mit sich selbst.
Nicht einmal der Beweis war ihr geblieben – vorausgesetzt, daß es ihn je gegeben hatte. Denn wenn auch der Umschlag mit dem sprechenden Staub nur ein Teil des bösen Traumes war...
Sollte sie aufgeben?
Laß es mich in aller Nüchternheit überdenken, sagte sich Ruth. *Ich lebe im 21. Jahrhundert, fast schon im zweiundzwanzigsten, in einer zivilisierten Welt, in der alles seine Ordnung hat. Wahrscheinlich bin ich von Anfang an den falschen Weg gegangen – oder alles ist wahrhaftig nur ein schlimmer Traum. Auch daß ich jetzt...*
Jetzt mußte sie sich plötzlich fester an das rauhe Gestein pressen, um unter den aufgewirbelten glühend heißen Staubmassen nicht begraben zu werden, die über sie hergefallen waren.
Ach, verdammt, wenn das ein Traum ist, bin ich wirklich meschugge!
Ruth hatte den *Goliath* nicht kommen hören. Mit ungeheurem Getöse zog er vorüber, knapp über dem Boden, um gleich darauf vor dem Tor aufzusetzen und zu verstummen.
Der Staub legte sich wieder, und die Umrisse des mechanischen Ungetüms wurden klarer. Der *Goliath* mit

dem militärischen Kennzeichen und dem Emblem der Pioniere glich einer beladenen Flunder mit einer Geschwulst am Schwanzende. Darin verbarg sich sein Antriebsaggregat. Die Düsen, mit deren Hilfe er sich in scheinbarer Mühelosigkeit in die Höhe stemmte und so gut wie jedes Hindernis überwand, verbargen sich unter seinem Leib.

Ruth wischte sich die tränenden Augen.

Die spiegelnde Fracht schien aus abertausenden Sonnen zu bestehen. Sie blendete so stark, daß die Augen schmerzten.

Aus einem auffahrenden Luk des *Goliaths* beugte sich der Kopf eines Mannes.

„Das war's, Sergeant."

„Kommt nichts mehr, Mr. Hauschildt?"

„Das ist die letzte Fuhre. Sie können hinter uns dicht machen."

Die Wächter konnten nicht sehen, was hinter dem *Goliath* geschah. Eine andere Gelegenheit würde sich nicht bieten. Ruth verließ ihr Versteck und kroch auf das riesige Fahrzeug zu.

Lieber Gott, mach daß sie sich noch etwas zu sagen haben!

Ruth war heran und richtete sich auf. Die Luft war dünn, aber sie ließ sich immerhin atmen. Ruth keuchte vor Anstrengung.

„Darf ich eine persönliche Frage an Sie richten, Mr. Hauschild?"

„Wir sind in Eile, Sergeant."

„Nur ganz rasch – wie geht es Ihrem Sohn?"
Ruth berührte kühles Metall. Sie setzte einen Fuß auf den Wulst und klomm auf den *Goliath* hinauf.
Sie geriet in Panik, als sie in der Höhe plötzlich keine Luft mehr bekam.
Sie klammerte sich an den Sperrbalken, der die Ladung sicherte, und spürte, wie sie von den Abertausenden von Sonnen bei lebendigem Leib geröstet wurde, während ihr zugleich die Sinne schwanden.
Der atmosphärische Gürtel war hier keine drei Meter stark. Die Ladefläche ragte in den luftleeren Raum hinein.
Herrgott, ich ersticke!
„Sein Zustand ist leider unverändert, Sergeant."
„Die ganze Welt nimmt Anteil an seinem Schicksal, Mr. Hauschildt. Ich möchte, daß Sie das wissen."
„Ihre Worte sind mir ein Trost, Sergeant."
Hört denn dieses Gespräch niemals auf?
„Ich wünsche Ihnen einen guten Flug, Mr. Hauschildt."
„Und ich Ihnen weiterhin gute Wache, Sergeant."
Der *Goliath* setzte sich mit einem Schnaufen in Bewegung. Er schwebte auf, stabilisierte – und dann schoß er vorwärts: durch das Tor hinein auf das klimatisierte Rampengelände.
Und Ruth klammerte sich an den Sperrbalken und füllte ihre berstenden Lungen mit Luft und immer wieder mit Luft.

Bevor sich Gregor Chesterfield ins Cockpit begab, überprüfte er den Stau der Ladung. Das Schiff war nicht mehr wiederzuerkennen. Die Querschotten waren entfernt worden, und das, was vor kurzem noch Salon und Kammerflucht gewesen war, glich nun einem riesigen Frachtraum, in dem sich die demontierten Beläge der venerischen Lichtfallen stapelten.
Auch Leo Hauschildt hatte seine Kammer hergeben müssen. Für ihn war ein Notlager in einer Ecke des Batterieraumes aufgeschlagen worden. Chesterfield klopfte kurz an und trat ein. Hauschildt war damit beschäftigt, sich einzurichten. Nach dem, was er in den letzten vierundzwanzig Stunden geleistet hatte, war es verständlich, daß er sich kaum noch auf den Beinen hielt. Dazu kam sein seelischer Kummer - die Sorge um den Sohn.
„Brauchen Sie noch etwas, Mr. Hauschildt?"
„Nur Ruhe, Captain." Hauschildts Lächeln bat um Verständnis. „Ich bin ziemlich fertig."
„Wir werden gleich abheben, Mr. Hauschildt. Falls Ihnen etwas fehlen sollte – Sie wissen, wo ich zu finden bin."
Chesterfield schloß die Tür zum Batterieraum und begab sich nach vorn. Sie waren spät dran – die letzte Fuhre hatte auf sich warten lassen –, aber mit etwas Glück sollte sich das aufholen lassen. Er zog die Jacke aus, klemmte sich in seinen Sitz, ließ das Triebwerk vorlaufen und meldete sich ab.
„Venus-Tower – Chesterfield. Ich bin jetzt klar."

„Roger, *Rapido*" ertönte die Stimme von Venus-Tower im Lautsprecher. „Ich habe hier schon allen Verkehr gestoppt, um Sie freizugeben..."
„Roger, ich bin freigegeben und hebe ab."
„Sorry, *Rapido*", beeilte sich Venus-Tower zu sagen, „Ich erfahre gerade: Die Fahndung nach der gesuchten Person ist jetzt auf das Rampengelände ausgedehnt worden. Bevor ich Sie endgültig freigebe, muß die Sache geklärt sein."
Chesterfield machte sein leerstes Gesicht.
„Störung!" sagte er. „Ich verstehe nicht. Störung! Ich wiederhole: Ich bin freigegeben und hebe ab."
Einen Atemzug lang schien sich das Schiff nicht von der Rampe lösen zu können – dann begann es zu steigen, verfolgt vom Protestgezeter von Venus-Tower. Chesterfield schaltete den Lautsprecher ab und wandte den Kopf.
„Im besten Fall, Ruth", sagte er, „kostet mich das die Lizenz."
Ruth O'Hara kauerte auf den Bodenplatten hinter dem Elektronikblock – dort, wo sie gehofft hatte, von Chesterfield nicht auf Anhieb entdeckt zu werden. Nun richtete sie sich auf.
„Danke, Gregor", sagte sie.

19.

Der 23. November war da.
Während in der Zentrale die Vorbereitungen für die auf 16.00 Uhr Metropoliszeit angesetzte Zuschaltung auf Hochtouren liefen, streckte der unselige Sektor 4 den Sternen nach wie vor sein dürres Skelett entgegen.
Seebeck war in der Schleuse zurückgeblieben. Er stand vor dem Fenster und sah zu, wie sich Brandis mit seinem Scooter abplagte, der nicht anspringen wollte.
Zum ersten Mal, seit Seebeck Brandis kannte – und das waren immerhin neun Jahre, in denen er ihn stets als beherrschten Mann erlebt hatte, der auch in kritischen Situationen nie den kühlen Kopf verlor –, hinterließ er in ihm den Eindruck von Hast und nur oberflächlich bezwungener Nervosität. Anderen mochte das nicht auffallen, doch Seebeck, zu dessen Beruf und Begabung es gehörte, den Menschen auf den Grund zu gehen, nahm diese Wandlung des Commanders, seines Freundes, mit wachen Augen zur Kenntnis.

Brandis war im Begriff, sich zu verausgaben. Der Job zehrte ihn auf. Von Anfang an war er – unter Mißachtung aller Regeln – mehr draußen gewesen als jeder andere. Er hatte die Sektoren kontrolliert und die Monteure zu gewissenhafter Arbeit angehalten; er hatte sich herumgeschlagen mit Lieferfirmen, die Termine platzen ließen oder minderwertiges Zeug schickten; und bei all dem hatte er es immer wieder zu tun gehabt mit den Tücken einer Kommunikation, die bei der geringsten kosmischen Störung zusammenbrach. Auf seinen Schultern lastete die Verantwortung für alle Unfälle, die sich draußen ereignet hatten – und mochte es auch sein, daß ihm niemand die Schuld daran zuweisen konnte, so trug er keinesfalls leichter daran.

War Brandis in der ganzen Zeit je einmal richtig zur Ruhe gekommen? Seebeck konnte sich nicht daran erinnern. Dann und wann hatte er Brandis vorgefunden, wie er auf einer Pritsche, einer Bank, auf den Flurplatten, bekleidet wie er gerade war, eine Mütze voll Schlaf nahm – zu wenig, um nachzuholen, was er in den Tagen und Nächten zuvor versäumt hatte.

Und von Tag zu Tag wurde er wortkarger.

Und von Tag zu Tag wurde er unduldsamer und schroffer.

Seebeck verstand, was mit seinem Freund vor sich ging.

Brandis vergaß keinen Augenblick die große Aufgabe, die hinter der erbarmungslosen Schufterei stand.

Und dann war da die Sache mit Ruth O'Hara, seiner Frau, und auch die machte ihm zu schaffen, ebenso wie der Umstand, daß er nicht helfen konnte.
Der Scooter vor der Schleuse sprang endlich an, und Brandis zog mit ihm davon zum Sektor Vier, wohin er alle verfügbaren Monteure bestellt hatte, um in einem gewaltigen Kraftakt das unmöglich Erscheinende möglich zu machen: das kahle Gerüst bis zum Nachmittag mit jenen neuen Spiegeln zu belegen, die Leo Hauschildt mit der *Rapido*, die sich bereits angekündigt hatte, heranschaffte.
In aller Herrgottsfrühe hatte sich Brandis eine Konferenzschaltung herstellen lassen, die ihn mit allen Arbeitsstationen der gewaltigen Anlage verband, und den Monteuren noch einmal gesagt, was er von ihnen erwartete:
„Heute Nachmittag werden die Menschen auf der Erde ihre Blicke zum Himmel erheben. Und wir, Leute, werden sie nicht im Stich lassen, sondern das verdammte Ding zuschalten. Das Material für den Sektor Vier ist in Anmarsch. Ihr habt acht Stunden Zeit..."
Seebeck nahm sich vor, zur gegebenen Zeit anzumerken, daß es sich um die bündigste Ansprache seit Napoleons flammender Rede vor den Pyramiden und seit Nelsons klassischen Worten vor Trafalgar gehandelt habe.
Er starrte dem entschwindenden Scooter nach.
Brandis ließ es sich nicht nehmen, die vereinigte Ar-

mee der Monteure selbst in die letzte entscheidende Schlacht zu führen.

Als Seebeck sich irgendwann abwandte, entdeckte er die nahende *Rapido*.

Als Brandis in die Zentrale zurückkehrte, war es kurz vor 16.00 Uhr, und er konnte sagen, daß die Schlacht um den Sektor 4 gewonnen war.

Damit hatte *Intersolar* endgültig aufgehört, eine Baustelle zu sein. Die Anlage war überholt, auf den erforderlichen technischen Stand gebracht und konnte in Betrieb genommen werden.

In der Kleiderkammer klappte Brandis zusammen. Als er zu sich kam, hockte er auf den Flurplatten und wußte nicht, woher er die Kraft nehmen sollte, um aus der verfluchten Raumkombination herauszukommen. Er hatte alles getan, alles gegeben, und nun war er so erledigt, daß er einfach nicht mehr hochkam, um die Sache zu Ende zu führen.

Ein Lautsprecher, der ihn zu rufen begann, brachte ihn schließlich wieder auf die Füße. Er schälte sich aus dem Anzug und machte sich durch das überdachte Labyrinth der Schwerelosigkeit auf den Weg zum Leitstand.

Dort befanden sich die Mitarbeiter des Projekts, die mit der eigentlichen Zuschaltung zu tun hatten, bereits auf ihren Posten. Auf den Monitoren flimmerten die Testbilder, und aus den Lautsprechern rieselte die monotone Litanei der Sprechproben.

Morales verließ sein Pult.
„Groß-M hatte gerade angefragt, ob wir den Fahrplan einhalten können, Commander."
Morales – Brandis spürte es – war in einer ähnlichen Verfassung wie er selbst. Was ihn im Augenblick zusammenhielt, war die enorme Spannung, unter der er stand. Der Projektleiter hatte seine Schuldigkeit getan – nun war der Erste Ingenieur am Zuge.
„Lassen Sie Groß-M wissen – wir sind so weit. Alle Sektoren sind klar." Brandis sah sich um. „Ich würde Leo Hauschild gern die Hand schütteln."
Morales winkte ab.
„Er will noch eine Viertelstunde ruhen, bevor der Zirkus mit dem Countdown losgeht. Aber wenn Sie sich umdrehen..."
Brandis wandte den Kopf.
Zusammen mit dem jungen Chesterfield saß Ruth in der Ecke, und das spiegelnde Modell der Anlage entzog sie dem flüchtigen Blick.
„Sie kam mit der *Rapido*", sagte Morales. „Vielleicht war es ein Fehler, daß ich ihrem Wunsch nicht entsprochen habe, Sie zu verständigen, Sir – aber ich dachte in Ihrem Sinn zu handeln."
Brandis gab keine Antwort. Er ließ Morales stehen – und gleich darauf wurde er geschüttelt von jenem Schluchzen der Erleichterung, mit dem sich Ruth O'Hara an seine Brust warf.
„Oh, Mark!"
„Ruth!"

Sie klammerte sich an ihn.
„Jetzt wird alles gut, Mark."
„Natürlich."
Er streichelte ihren bebenden Rücken. Sie suchte nach Worten.
„Ich mußte kommen, Mark. Verstehst du? Es gab keine andere Möglichkeit, dich zu warnen. Alle sind hinter mir her. Ich wußte zuletzt gar nicht mehr, wem ich noch trauen kann."
Brandis' Hände sprachen ihr Trost zu.
„Still, Ruth!"sagte er. „Sei ganz ruhig. Du bis jetzt auf *Intersolar*. Und glaube mir: Niemand ist hinter dir her, um dir etwas Böses anzutun. Wenn man auf der Venus nach dir sucht, dann nur um dir zu helfen. Doktor Geronimo hat mit mir gesprochen."
Er spürte, wie Ruth in seinen Armen steif wurde.
„Doktor Geronimo hält mich für verrückt. Er..."
Ein Lautsprecher dröhnte los mit der Aufforderung zum letzten Schalt-Check.
Der Countdown stand bevor, jener große Augenblick, der über die Zukunft der Erde entschied und über das Wohl und Wehe ihrer Bewohner, und für eine private Szene war das sowohl ein denkbarer schlechter Moment als auch ein unpassender Ort.
Brandis fühlte sich hin und her gerissen von der Aufgabe, die in den nächsten Minuten zu Ende geführt werden mußte, und seiner Liebe zu dieser Frau, die mehr denn je seiner bedurfte – in diesem Zustand, in

dem sie sich befand; eingesponnen in unbegreifliche Ängste und getrieben von den Wahnbildern ihrer erkrankten Phantasie. Dr. Geronimo hatte den Zustand eingehend geschildert: *Was selbst für den Facharzt die Diagnose so schwierig macht, ist der Umstand, daß diese Menschen immer wieder den Eindruck völliger Normalität erwecken...* Wichtig war es vor allem, sie nicht vor den Kopf zu stoßen, sondern ihr das Gefühl der Geborgenheit zu geben.

„Ruth", sagte Brandis, „jetzt bist du hier, und das ist die Hauptsache. Unser Doktor Kohn – du wirst sehen – ist ein wirklich guter Arzt. Wir werden dich schon wieder in Ordnung bringen."

Brandis ahnte nicht, wie sehr seine Worte Ruth O'Hara trafen, in welchen Abgrund der Verzweiflung sie sie stürzten. Gewiß hätte er sie behutsamer gewählt, wenn er sich selbst in einer besseren Verfassung befunden hätte. Aber seine Verfassung war eben so, daß ihm dieser Tag den Rest gab.

Ruth machte sich von ihm los.

Irgend etwas in ihr, spürte sie, was sie bisher aufrecht gehalten hatte, hing plötzlich an einem seidenen Faden. Und die Versuchung aufzugeben war fast übermächtig.

„Mark", sagte sie, „frag mich doch wenigstens, ob ich nicht auch etwas zu der Sache zu sagen habe!" Und weil Brandis schwieg, fuhr sie fort: „Du weißt nicht, wie oft ich gebetet habe, ich möge nicht zu spät kommen. Und es *ist* noch nicht zu spät. Du kannst diesen

Countdown stoppen. Er darf nicht stattfinden. Nicht bevor..."
Sie brach ab. Es war sinnlos. Er hörte ihr nicht zu. Seine Aufmerksamkeit galt dem Mann im weißen Kittel, der soeben den Leitstand betreten hatte.
„Gleich bin ich für Sie da, Mr. Hauschildt."
Hauschildt blieb stehen.
„Ich hörte schon... Ihre Frau, nehme ich an, Commander?"
„Sie kam mit Ihnen zusammen von der Venus."
Hauschildt blickte bedauernd.
„Chesterfield hätte mich holen sollen. Ich hätte mich gern um Sie gekümmert. Schade."
Hauschildt begab sich zum Pult, um seinen Platz vor dem Auslöser einzunehmen, und Brandis wandte sich wieder seiner Frau zu.
„Du sagtest –"
Ruths Augen waren voller Zorn.
„Mark, Professor Jakoby wurde ermordet, und sein Homat ist auf dem Weg hierher. Er hat den Auftrag, den Präsidenten umzubringen – den Präsidenten der EAAU. Und bei der Gelegenheit will er auch dich vernichten. Um ihn zu motivieren, hat man ein Stück Zellgewebe von ..."
Der Lautsprecher dröhnte wieder los:
„Achtung, wir gehen auf Aufnahme!"
Auf den Monitoren verschwanden die Testbilder. An ihre Stelle trat die einsetzende Übertragung.
Groß-M war im Bild.

Der Präsidentenpalast war im Bild.
Die Glocken von Metropolis waren im Bild. Einen Herzschlag lang erfüllte ihr machtvolles Läuten den Leitstand unter den Sternen, dann nahm einer der Tontechniker den Ton auf ein erträglicheres Maß zurück.
Ein Bild nach dem anderen tauchte auf.
Godwana.
El Golea.
Die beiden anderen Transformer.
Der Leitstand füllte sich mit den Stimmen der Techniker und den Lautsprecherdurchsagen von der Erde. Ruth entdeckte Martin Seebeck, der sich am Modell der Anlage zu schaffen machte. Er war im Smoking. Sie hörte ihn sprechen, aber seine Worte waren nicht für sie bestimmt:
„... verehrte Zuschauer. Wir stehen vor der Schwelle zu einer neuen Zeit, und Stella-TV hat mich aufgefordert, hier an Ort und Stelle, wo die Zuschaltung vorgenommen werden wird, auf *Intersolar*, Ihnen einige Erklärungen abzugeben. In wenigen Minuten wird *Intersolar* mit der Energieversorgung der EAAU beginnen, und Sie fragen sich: Wie funktioniert das eigentlich? Nun, wir haben hier ein Modell, und mit dessen Hilfe werde ich Ihnen das gleich vormachen – auf eine Art und Weise, die Sie mehr überzeugen wird als jeder umständliche Vortrag. Diego Morales, der Erste Ingenieur der Anlage, wird mir bei dieser Demonstration behilflich sein. Wir bedienen uns dabei –"

Seebeck hob die Hand – „Sie sehen, einer gewöhnlichen Münze ..."
Ruth verlor plötzlich die Geduld.
„Mark!" sagte sie laut. „Hast du mich verstanden?"
Und dann brach sie zusammen, und Chesterfield sprang hinzu, um sie zu stützen. Er zog den Drehstuhl heran und half ihr, sich zu setzen.
„Möchten Sie ein Glas Wasser, Ruth?"
Ruth schwieg.
Sie war vergebens gekommen. Brandis hatte gesagt: „Ruth, ich habe zu tun. Bitte, hab' Verständnis. Später können wir reden. Gregor wird sich um dich kümmern."
Ruth hatte sich in sich selbst zurückgezogen, weil etwas geschehen war, womit sie nicht gerechnet hatte: Mark glaubte ihr nicht.
Mark stand auf Seiten dieses Arztes, der sie für verrückt hielt. Vielleicht war sie's ja wirklich.
Aber dann war zumindest auch dieser Reporter verrückt, Martin Seebeck, der sich den Zuschauern auf der Erde mit seiner Nummer mit der Münze vom Ersten Ingenieur vorführen ließ wie der Affe im Zoo!
Wohin hatte es sie verschlagen – auf den Leitstand eines interstellaren Kraftwerkes oder in einen kosmischen Zirkus?
Auf dem Monitor waren die Menschenmassen im Schnee vor dem Präsidentenpalast in Metropolis zu sehen. Sie brüllten vor Begeisterung, als Seebeck die vom EBL-Impuls durchbohrte Münze präsentierte:

„... und nun denken Sie sich an die Stelle einer Münze den Transformator. Der auftreffende energetische Impuls wird von ihm absorbiert und umgesetzt..."

Morales trat vom Modell zurück. Er zwängte sich an Ruth vorbei, um erneut seinen Platz einzunehmen – gleich neben Brandis, der mit halblauter Stimme das Einregulieren der Sektoren dirigierte.

Seebeck legte Brandis die Hand auf die Schulter.

„... ist der Mann, dem Metropolis, ich sage es mit aller Klarheit, das Überleben verdankt. Commander Brandis befehligte vor einem knappen Jahr die uranischen Geleitzüge mit Proviant für die hungernde Hauptstadt der EAAU... Als Leiter des Projekts *Intersolar* hat er auf verantwortlichem Posten dazu beigetragen, daß der Tag, den wir heute festlich begehen, dieser Tag, der unserer geliebten Erde die Zukunft sichert, wahr werden konnte." Seebeck wandte sich nun direkt an Brandis. „Mark, was sagst du zu diesem großartigen Tag?"

Brandis wandte flüchtig den Kopf – und Ruth sah auf einmal mit Bestürzung, wie dünn die Schale war, die ihn noch zusammenhielt. Er war mit seinen Kräften am Ende. Sie sah, wie er sich gerade noch beherrschte, um bei diesem überraschenden Dressurakt nicht aus der Rolle zu fallen. Wäre er ein anderer gewesen – er hätte in diesem Augenblick zum Idol der Massen werden können. Es war die Sternstunde seiner Laufbahn – und er nahm sie nicht wahr. Was er zu *diesem großarti*-

gen Tag zu sagen hatte, war nicht die Antwort eines Idols. Brandis sagte knochentrocken:
„Wenn wir nicht bald zuschalten, ist dieser Tag um."
Hinter der Show-Fassade, die Martin Seebeck im Auftrage der Stelle-TV errichtet hatte, schimmerte plötzlich die Wirklichkeit durch.
Ruth spürte auf einmal die ungeheure Spannung, von der der Leitstand erfüllt war.
Die Glocken von Metropolis waren verstummt. Die nüchterne Technik hatte das Wort. Der kosmische Dialog setzte ein:
„*Intersolar* – Godwana. Ich bitte um Ihre Klar-Meldung."
„Godwana ist klar, *Intersolar*."
„Roger. Dann rufe ich jetzt El Golea. El Golea, darf ich Sie um Ihre Klar-Meldung ersuchen?"
„El Golea ist klar, *Intersolar*."
„Roger..." Leo Hauschildt rief den nächsten Transformer auf.
Es lief ab wie am Schnürchen. Ein Transformer nach dem anderen meldete sich klar – zuletzt der Transformer Groß-M in Metropolis.
Hauschildt wandte sich an Brandis.
„Fertig?"
„Fertig."
Hauschildt fuhr das EBL auf, und im Inneren der Zentrale staute sich das konzentrierte Licht.
Die Dinge hatten ihren Lauf genommen. Man konnte sie nicht aufhalten – schon gar nicht, wenn man Ruth

O'Hara hieß und eine polizeilich gesuchte geistesgestörte Person war.

Es mochte auch sein, überlegte Ruth, daß sie im Begriff stand, aus dem Alptraum zu erwachen, denn so mißtrauisch und gründlich sie die Gesichter der Anwesenden auch musterte, entdeckte sie doch in keinem davon ein verräterisches Anzeichen, das sich mit dem Homaten hätte in Verbindung bringen lassen.

Seebeck winkte ihr einen freundschaftlichen Gruß zu. Er hatte den Ersten Ingenieur der Anlage, Diego Morales, seinen Zuschauern auf der Erde vorgestellt. Nun wechselte er hinüber zum Chef der Abteilung *Übertragung*.

„... wird in wenigen Minuten die Anlage, an deren Konstruktion er maßgeblich mitgewirkt hat, eigenhändig zuschalten. Er wird das tun, sobald Präsident Hastings ihm das Zeichen gibt. Für Leo Hauschildt ist dieser Jubeltag gleichzeitig ein Tag der Sorge, denn der Zustand seines Sohnes Frank, der bei der Montage des berüchtigten Sektors Vier verunglückte, ist unverändert kritisch..."

Ruth preßte die Lippen aufeinander, um ihr Elend nicht laut hinauszuschreien. Was tat sie hier unter den Sternen, in dieser auf mathematischer Ordnung gegründeten Welt der Astronauten und Techniker – außer als überflüssig zu wirken, außer als sich lächerlich zu machen?

Chesterfield, der neben ihr saß, musterte sie besorgt.

„Ruth, möchten Sie, daß ich Sie hinausbringe?"

Sie schüttelte den Kopf.
Nein, sie wollte sich nicht hinausbringen lassen. Sie wollte es durchstehen. Sie wollte es durchstehen bis zuletzt. Und sei es nur, um sich davon zu überzeugen, daß Mark im Recht war.
Und es wäre wahrhaftig nicht der passende Moment gewesen, sich hinausführen zu lassen, denn unter dem Jubel der Massen war auf den erleuchteten Balkon seines Amtssitzes soeben Joffrey Hastings hinausgetreten, der Präsident der EAAU. Auf dem Bildschirm erschien in Großaufnahme sein berühmter Cäsarenkopf.
Auf einmal trat Stille ein – auf der fernen Erde ebenso wie in der Zentrale von *Intersolar*.
Hastings ergriff das Wort.
„Bürgerinnen und Bürger der EAAU, in den Drei Vereinigten Kontinenten Europa, Amerika und Afrika ebenso wie in Australien – dieser Tag, den wir heute begehen, ist kein Tag wie jeder andere. Vor allem ist er ein Tag der Besinnung – oder sollte das doch zumindest sein."
Hastings stand, den Kragen hochgeschlagen, im Mantel im kalten Wind. Und während er sprach, dampfte sein Atem.
„... haben uns die Augen dafür geöffnet, daß wir – wir alle – uns an der Erde, auf der wir leben, versündigt haben; die Augen dafür geöffnet, daß wir – wir alle – endlich aufhören müssen, mit unserem Mutterplaneten, aber auch mit den unserer Obhut anvertrauten

Planeten Venus, Uranus und Mars umzuspringen wie mit einer erbeuteten Kriegskasse..."
Ruth blinzelte. Im Glast der Sonne, die durch die Bullaugen fiel, glomm im Inneren des Modells von *Intersolar*, hinter dem sie saß, das gebändigte Feuer.
Sie konzentrierte die Aufmerksamkeit wieder auf den Monitor und die Ansprache des Präsidenten.
„...ein neues Zeitalter der Energieversorgung bricht für uns an. In wenigen Augenblicken überschreiten wir die Schwelle in eine reichere Zukunft. Aber bevor wir dies tun" – Hastings hob den Blick – „wollen wir der Frauen und Männer gedenken, die unter härtesten Bedingungen in kosmischer Einsamkeit dafür die Voraussetzungen geschaffen haben. Unser Dank gebührt den Mitarbeitern des Projekts *Intersolar*."
Hastings hob die Hand, um den Beifall zu dämpfen, der vom überfüllten Platz zu ihm heraufdrang.
„Ihnen gebührt unser Dank. Den Opfern gebührt unser Gedenken. Bürgerinnen und Bürger – wir verneigen uns vor den Toten. Es sind..."
Zum ersten Mal zog Hastings das Manuskript zu Rate.
„...Hermann Weber, Monteur; Alfredo Doni, Monteur; Manuela Sanchez, Monteurin; Petru Grecianu, Monteur..."
Die Liste war lang, und die Namen fielen in das ergriffene Schweigen wie schwere Steine in einen stillen Teich.
„...Aniela Wolinska, Elektronikerin; Jim Johnson, Monteur; Moses Adler, Monteur..."

Es war schlimm gewesen. Auch wenn Mark nie darüber gesprochen hatte – Ruth hatte es immer gewußt. Wie schlimm es wirklich gewesen war, erfuhr sie erst jetzt.
Hastings löste endlich den Blick vom Manuskript.
„Wir verneigen uns vor den Toten in schweigendem Gedenken."
Hastings wandte sich plötzlich um, man konnte ahnen, wie ihm etwas zugeraunt wurde. Als er danach wieder das Wort ergriff, klang seine Stimme womöglich noch rauher als zuvor.
„Soeben wurde ich davon benachrichtigt, daß ich die traurige Pflicht habe, den genannten Namen noch einen weiteren hinzuzufügen..."
Ruth kam es vor, als hielte der Leitstand selbst den Atem an.
„...Ingenieur Frank Hauschildt, einziger Sohn von Leo Hauschildt, der zu den Konstrukteuren von *Intersolar* gehört, ist seinen schweren Verletzungen erlegen..."
Brandis barg plötzlich das Gesicht in seinen Händen. Seine Schultern zuckten.
Ruth sah es ohne Anteilnahme – wie ein fremdes, sie nicht berührendes Geschehen. Ihre Sinne, seltsam geschärft, waren wohl imstande, alles wahrzunehmen, was im Leitstand geschah – aber es blieb bei einem rein verstandesmäßigen Erleben. Ihr Gefühlsleben blieb ausgespart. Die Wahrnehmungen waren von der sterilen Objektivität eines Seziermessers, Ruth hörte die

Stimmen, sie sah die Gesichter. Sie spürte die Bewegtheit der Anwesenden. Sie bemerkte, daß Morales Tränen in den Augen hatte, und sie registrierte neben sich Chesterfields stockende Atemzüge. Und dann war sie plötzlich alarmiert.

Die Gedenkminuten für die Toten verstrich. Noch einmal ertönte die Stimme des Präsidenten der EAAU – diesmal, um das Tor aufzustoßen in die Zukunft:

„*Intersolar* – schalten Sie zu!"

Im Leitstand – Ruth spürte es mit allen ihren Sinnen – schlug die Stimmung um. Die Zukunft verlangte ihr Recht. Die Arbeit mußte zu Ende geführt werden. Morales' Blick war auf Brandis gerichtet. Und als dieser nickte, schwang Morales auf seinem Drehsessel herum.

„Mr. Hauschildt – Countdown."

„Countdown, Mr. Morales."

Es war so weit.

Hauschildt schaltete den Sekundenzähler zu, und der Countdown lief an – sowohl in den Transformern auf der Erde als auch in der Zentrale von *Intersolar*, diese letzten Sekunden gegenseitiger Abstimmung.

Die blecherne Computerstimme zerhackte die Zeit zu monotonen Durchsagen:

„Zehn –

„Neun –

„Acht –

„Sieben –

„Sechs –

„Fünf –
„Vier –
„Drei –
„Zwei –
„Eins –
„ –
Brandis fuhr herum.
Leo Hauschildt saß steif wie ein Klettergerüst auf seinem Sessel. Sein Arm, der über dem Auslöser schwebte, war mitten in der Bewegung erstarrt. Und am Ende des Armes hing eine Hand, der es nicht gelingen wollte, sich zu schließen.
„Mr. Hauschildt!" sagte Brandis scharf. „Was – "
Brandis verstummte plötzlich.
Das Gesicht, das ihn anstarrte, war das einer ihm unbekannten Frau mit eckigen Gesichtszügen. Auf keinen Fall war es das von Leo Hauschildt.
Ruth kannte es: Das Gesicht der Schwester Josephine.
Morales begriff vorerst nur, daß etwas nicht nach Plan verlief. Er sprang auf.
„Was zum Teufel – ?"
Die Hand über dem Auslöser hörte auf zu krampfen. Sie wurde steif. Morales brachte sein Donnerwetter nicht zu Ende. Von der erstarrten Hand wanderte sein verständnisloser Blick hoch zum Gesicht eines wildfremden Mannes.
Ruth kannte den Mann. Er hatte sich Mr. Meier genannt.
Morales wischte sich die Augen. Sein verständnisloser

Blick irrte in die Runde und wurde plötzlich starr. Morales' Stimme überschlug sich: „Schafft die Verrückte weg!"

Brandis fuhr herum.

Und später wußte er nicht zu sagen, was er bei diesem Anblick empfand.

Das Modell von *Intersolar* war wie zum Schuß auf eine Münze auf Leo Hauschildts Nacken gerichtet, und diejenige, die diese unprogrammgemäße Demonstration vornahm, war niemand anders als seine eigene Frau, während Gregor Chesterfield die beiden Techniker abwehrte, die sie zurückzureißen trachteten.

Aus Hauschildts Mund ertönten Verwünschungen der schlimmsten Art und verrieselten, als versagte ihm nun auch die Zunge, zu einem schwerfälligen Gebrabbel. Und um den Mund, aus dem dieses gräßliche Gebrabbel kam, formten sich mehr und mehr für Brandis vertraute Züge.

„Boris Stroganow! Boris!"

Das Gesicht von Boris Stroganow spie einen Fluch aus:

„Geh zur Hölle!"

Und Ruth klammerte sich an das Modell und fuhr fort, auf den Nacken des Homaten zu zielen, der nun nicht länger Boris Stroganow mehr war und auch kein metropolitanischer Taxifahrer – und schon gar nicht der, vor dem sie in panischem Entsetzen geflohen war –, sondern sich verwandelt hatte in Captain Goldmund.

Ruth spürte, wie ihre Hand sich verkrampfte, während

sie die geballte Glut der Sonne auf den Homaten entlud, bis ihm der Dampf aus den Poren brach.
Der Eismensch befand sich im Zustand der Auflösung. Aus amorphem Eis war kristallines Eis geworden; das hatte ihn gelähmt. Und nun taute er innerlich weg, bestand er mehr und mehr aus siedendem Wasser. Er brachte seine letzte Verwünschung über die Lippen – aber es waren nicht länger die von Captain Goldmund, sondern schon die jenes Mannes, als der er sich auf seinem langen Weg zur Rache immer gefühlt hatte – die bleichen, schmalen Lippen von Friedrich Chemnitzer:
„Ich bringe euch um!"
Der Haß riß ihn aus dem Sessel. Für den Bruchteil einer Sekunde stand er als Friedrich Chemnitzer mitten im Raum – dann platzte seine Haut, und das dampfende Schmelzwasser lief aus.
Und was danach noch dastand, war ein gewöhnliches Robotergerüst der biomechanischen Bauweise.
Ruth fiel erschöpft auf den Drehstuhl zurück. Mochte nun mit ihr geschehen, was wollte – es war ihr gleich. Ihre Lippen bewegten sich wie im Krampf:
„Leo Hauschildt ist der Homat. Er muß es sein. Sein Sohn ist tot, aber er hat nicht geweint. Leo Hauschildt hat als einziger nicht geweint."
Die Stimme ihres Mannes vernahm sie wie aus weiter Ferne.
„Mr. Morales", sagte Brandis, „wir brechen ab und überprüfen die Anlage!" Und er sagte: „Martin, wor-

auf wartest du? Wir haben eine Panne. Sieh zu, daß du die Leute irgendwie unterhältst, bis wir die Sache überprüft haben."
„Was soll ich sagen?"
„Laß dir was einfallen!"
„Mark!"
Brandis stürzte zum Ausgang. Er machte noch einmal kehrt, um Ruths müden Kopf zwischen seine beiden Hände zu nehmen.
„Mädchen", sagte er rauh, „du bist verdammt in Ordnung."

20.

Als Ruth die Augen aufschlug, wollte es ihr nicht einfallen, wo sie sich befand. Nur zögernd fand sie aus der Schlaftrunkenheit einen Pfad in die Helligkeit eines neuen Tages, doch irgendwann wußte wie wieder, daß sie auf einer Notpritsche im Batterieraum der *Rapido* geschlafen hatte, während das schnelle Schiff der Erde entgegenzog.
Und sie entsann sich, daß sie schon ein paarmal wach gewesen war, am gleichen Ort, um dann doch wieder zurückzufallen in diesen doppelten Schlaf von Erschöpfung und Genesung.
Ruth stand auf. Vor dem kleinen Fenster war die Erde zu sehen, schon sehr nah. Der atlantische Ozean hatte im Glast der Sonne die Farbe eines blauen Diamanten angenommen – aber über Metropolis lag schon der schwarze bestirnte Samt der Nacht.
Ruth wandte sich ab und entdeckte die beiden LTs. Sie lagen auf dem Gerätebord, das ihr als Ablage diente.
Ruth erinnerte sich vage, wie an einen fernen Traum, der sich nicht mehr greifen läßt, daß Chesterfield sie

irgendwann hereingebracht hatte, und ebenso dämmerte es ihr, daß Mark mit ihr über den Inhalt gesprochen hatte – aber was immer dieser auch war, es war ihr entglitten.
Sie nahm die Folien zur Hand und überflog sie.
Beide Lichttelegramme waren an den Projektleiter *Intersolar*, Commander Mark Brandis, gerichtet.
Das erste stammte von der Venus und brachte zur Kenntnis:
... daß eine in der roten Wüste vorgenommene systematische Suchaktion zur Auffindung einer Leiche geführt hat, welche identifiziert wurde als Leo Hauschildt, wodurch der Wahrheitsgehalt der Aussage von Mrs. Ruth O'Hara endgültig bestätigt ist.
Das Schiff polterte ein wenig, als es die freie Flugbahn verließ und eintauchte in eine Umlaufbahn um die Erde.
Ruth dachte an Leo Hauschildt, den echten, den sie nie kennengelernt hatte. War dieses Schicksal nicht vielleicht ein Segen für ihn? Da war der Tod seines einzigen Sohnes – und da war das aufgefundene Tagebuch, aus dem seine vorsätzliche Schuld am Godwana-Fehlschuß hervorging.
Das andere LT kam aus Metropolis.
In dürren Worten informierte es über Aufdeckung und Zerschlagung einer Verschwörung der berüchtigten *Reinigenden Flamme*. Einige hundert Personen waren festgenommen worden – sowohl auf der Erde als auch auf der Venus –, darunter der gesamte Vorstand einer

gewissen *Liga zur Hebung der öffentlichen Moral.* Die Festgenommenen sollten demnächst vor ein ordentliches Gericht gestellt werden – unter anderem unter der Anklage des versuchten Präsidentenmordes.

„Du bist auf?"

Ruth legte die LTs auf das Bord zurück und wandte sich um.

Brandis war leise eingetreten. Er lächelte. Doch Ruth sah die dunklen Schatten, die noch über seinem hager gewordenen Gesicht lagen.

Er legte seine Arme um sie, und sie schmiegte ihren Kopf an seine Brust und genoß seine Wärme und was diese ihr ohne ein Wort mitteilte an Liebe, Zärtlichkeit und gegenseitigem Verstehen.

Im nachtdunklen Atlantik tauchte ein Lichtermeer auf. Metropolis, diese genialische 50-Millionen-Stadt, empfing die *Rapido* mit all ihrer funkelnden Pracht.

„Es ist immer wieder schön", sagte Ruth. „Ach, Mark, es ist zum Heulen schön."

Brandis blieb eine Weile stumm. Dann antwortete er:

„Daß die Lichter wieder brennen, Ruth, hat Metropolis auch dir zu verdanken. Mit Hastings wäre zugleich die Hoffnung gestorben. Es hing an einem Haar. Sieh her!"

Zwischen Brandis' Fingern glitzerte ein menschliches Haar.

„Was hat das zu bedeuten, Mark?" fragte Ruth.

Brandis legte das Haar zurück in das Etui, aus dem er es genommen hatte.

„Wir fanden es bei der Überprüfung des EBLs. Ein raffinierter Plan. Das Haar ist gerade so stark magnetisiert, daß es die 0,0073 Grad Abweichung bewirkt hätte, die erforderlich waren, um den Impuls auf den Präsidentenpalast zu lenken."
Ruth schauderte.
„Der Homat", antwortete sie, „war wirklich intelligent. Aber etwas fehlte ihm, etwas sehr Wichtiges, was der Mensch braucht, um Mensch zu sein. Daran habe ich ihn erkannt."
Brandis steckte das Etui in die Brusttasche.
„Weshalb ich kam, um dich zu wecken, Ruth – im Cockpit ist gerade eine Einladung des Präsidenten eingegangen. Joffrey Hastings würde sich freuen, wenn wir gleich nach der Landung zu ihm kämen."
Ruth blickte auf die nahe Erde, aber die Sehnsucht, die sich in ihr regte, hatte nichts zu tun mit dem steifen Pomp einer Audienz beim Präsidenten der EAAU.
„Gern, Mark", sagte sie. „Aber erst muß ich zu Mascha Stroganow, um nach Junior zu sehen."
Brandis zog die Tür auf – und Ruth konnte Gregor Chesterfield am Steuer erkennen.
„Dann werde ich Hastings jetzt wissen lassen", sagte Brandis, „ daß es noch ein Weilchen dauern wird, bis wir bei ihm sind."